Illustration de couverture :

Nocturne,
les charmes de l'effroi

© Céline Simoni

Edité par Nocturne (Montréal)

ISSN 1925-4229

Dépôt légal à parution.

Imprimé par Books On Demand

www.bod.fr

Toiles et Démence
Été 2011

http://www.nocturne-cde.com/

La folie se soustrait de sa conscience animale et l'incite à tisser ses funestes fils dans le vide spectral de la nuit. La toile en est le fruit, la démence en est le trouble.

N'avez jamais vous observé cette toile de maître, vous meurtrissant, de part son exécrable perfection, jusqu'au plus profond de votre âme ? N'avez vous jamais succombé à l'horreur qui, perfidement, s'affiche sur le web ?

Laissez libre cours à votre imagination et faites de ces deux termes un tableau cramoisi !

Que les toiles embaument l'horreur ! Que la démence écorche vos écrits !

A toi,
Toi qui aurais pu voir encore tant de choses,

Sébastien Mazas

Un éternel remerciement à ma famille, à ma mère, mon frère, à tous ceux qui croient en moi. Merci à Romain Billot, mon nouveau collaborateur avec qui nous avons crée le groupe de la «Défense Transatlantique du Fantastique». Nous allons faire de belles choses ensemble, j'en suis sûr.

Je gratifie aussi Anthony, mon ami, qui même s'il s'occupe de moins en moins du zine avec moi, je sais qu'il pense fort à l'aventure Nocturne pour que celle-ci perdure aussi longtemps qu'elle le pourra.

Même si je me fais de plus en plus rare sur la toile, notamment sur les forums (amis du portail OutreMonde, vous me manquez !) je n'oublie pas mes camarades forumeurs.

Remercier encore et surtout le comité de lecture du deuxième numéro de Nocturne : merci à vous Guillaume, Vlad, Booz et Azarian. Les auteurs de cet opus et le chroniqueur Michaël Moslonka pour sa vision philosophique du thème de l'AT.

Merci à tous pour le travail que vous effectuez afin que la revue puisse continuer d'exister.

Sincèrement.

Papa, tu auras à chaque opus une phrase qui te sera dédiée et à jamais tu me donneras la force de continuer.

Editorial

Qui dit nouvel opus dit nouvel éditorial et dieu sait combien cette tâche s'avère difficile à effectuer. Permettre aux lecteurs de s'approprier la revue en seulement quelques phrases bien placées, voilà bien le travail de quelques génies mal considérés.

Je suis toujours au Canada, les Montréalais ne m'ont pas encore renvoyé chez moi à coup de pieds aux fesses. Ouf! Sauf que l'hiver s'en vient ! sera-t-il rude ou prude, je vais bientôt le savoir. Réchauffez-vous au coin du feu en lisant les opus de Nocturne, CE, mais ne les utilisez pas pour attiser les braises de vos bûches !

Pour le deuxième numéro de Nocturne, CE on parle de «Toiles et Démence». Je pense que sur le thème que j'ai lancé et sur ceux à venir, c'est de loin celui qui peut rallier le plus de textes différents sans trop tomber dans le hors-sujet. Seuls vous, chers lecteurs, pourrez considérer ma remarque en les lisant.

Ceci étant dit, je ne vais pas faire comme d'autres éditeurs qui présentent, en un bref résumé, dans l'éditorial, les textes du sommaire de leur opus. Ce n'est pas par pure question de fainéantise que je n'adhère pas à ce principe formel. C'est plutôt que j'aime cultiver ma différence même si ce ne sont que de simples détails et, qui plus est, vous savez très bien que je suis plus un être diabolique qu'angélique et que j'adore faire bouillir votre imagination. Car, après tout, l'écriture n'est-elle pas apte à être considérée de milles façons par chaque individu ? Essayez-donc de vous faire une idée du texte via son titre seulement et vous me direz alors si ce dernier vous a retourné le cerveau ou pas !

Un petit bémol tout de même pour ce numéro. Le taux de participation étant très faible pour les «Chroniques de Lili» j'ai du abandonner le projet et obstruer le vide laissé par Lili par un texte correspondant à l'AT. Mal oui, car on a perdu la petite blondinette mais, d'un autre côté, cela a permis à un auteur supplémentaire, répondant à l'AT «T&D», d'être publié.

Comme précédemnent annoncé sur l'ancien numéro, chaque publication est, en théorie, programmée sur le rythme de quatre publications par année. J'avoue que j'ai pris pas mal de retard sur la publication. Que cet opus est imprimé en automne alors qu'il aurait dû l'être en été. Mais je ne vais pas me lamenter sur mon sort, ce n'est pas mon style. Je vais plutôt essayer de rattraper mon retard en sortant les autres numéros un mois à l'avance pour rééquilibrer le calendrier. Pour que vous, lecteurs et amateurs, soyez satisfait de Nocturne, CE.

Il ne vous reste plus qu'à tomber dans ce cauchemar littéraire. Tournez les pages de cet antre morturaire et appréhendez les plumes de nos diaboliques auteurs...

Je me joins à toute l'équipe et espérons que vous allez passer un agréablement et frissonnant moment de lecture.

Du haut de son siège cramoisi.
Auddrel alias Sébastien Mazas.

Textes

Jonathan Reynolds	**Jungleries.**
Samia Dalha	**De l'importance du modèle.**
Marc Oreggia	**Le retable d'Ar'Magraa.**
Stéphane-Paul Prat	**Le bourreau de Bartimée.**
David Baquaise	**Célébrité express.**
Hubert Vittoz	**Accouchement funeste.**
Julie Conseil	**Les sentinelles de Tegenaria.**
Frédéric Gaillard	**Here I stand and face the rain.**
Nicolas Handfield	**Le dernier cinéma sur la gauche.**
Esla Bouet	**La mygale amoureuse.**

Chronique

Michaël Moslonka	**Entoilé dans la démence.**

Lorsque dix plumes engendrent le fléau...

Jungleries

Jonathan Reynolds

Marvin. Je n'aime pas ce nom. Ça tombe mal, c'est le mien. Le chômage, la solitude, la malbouffe. Je n'aime pas cette vie. Ça tombe mal, c'est la mienne. Que dire de plus ? Je boite en marchant, je titube comme cette société. Tous les deux, on se ressemble, on a de la misère à avancer, à fonctionner. On s'essouffle, on s'étouffe. Un peu comme une machine rouillée qu'on va bientôt remplacer.

Mais juste avant de me jeter moi–même à la ferraille, je vais savourer une dernière fois le bonheur. La joie de vivre, c'est en mordant dans ce sandwich à la viande fumée géant que je la retrouve. Le smoke meat du Ben Bouffe, à Laval ne propose pas des arômes aussi prononcées que le légendaire Schwartz, sur la main, à Montréal, mais c'est ce goût que j'ai recherché depuis si longtemps… Comment avais–je pu oublier ce petit restaurant, dans ce modeste centre d'achat en bordure du boulevard Le Corbusier ?

La mémoire, ça s'encrasse, comme n'importe quoi.

Heureusement que je n'ai pas appuyé sur la gâchette trop tôt, hier soir. Sinon, je n'aurais pas vu la publicité à la télévision (entre deux nouvelles sordides sur la guerre et une autre fusillade dans une école) pour le centre d'amusement familial Jungleries. Sinon, je ne serais pas ici, à terminer ce repas, promesse d'une journée digne de mon enfance. Mon père m'avait amené ici à ma fête dans le temps. J'étais enfant unique et ma mère est morte en accouchant de moi. Mon père représentait ma seule famille. Maintenant que le cancer l'a emporté, je n'ai plus personne.

Mais je vais m'amuser. C'est mon dernier souhait, celui d'un condamné. Après, j'appuie sur la gâchette, promis. Fini votre air de mépris en voyant ce gros lard devant vous. Finie la pitié que je vous inspire.

Je laisse mon cabaret sur la table. Pour une fois, je n'ai pas à endurer votre regard de réprimande. Il n'y a personne d'autre que moi dans cette aire de réfection. À cette heure, vous êtes tous au travail, je peux bien profiter de votre absence, une dernière fois.

Je me tourne vers la droite, vers la façade de Jungleries. Des couleurs vives, joyeuses, du rouge, du jaune, du vert. Partout, de la joie!

Sur l'affiche à côté de l'entrée, les avertissements :

« 1) La nourriture venant de l'extérieur n'est pas permise. » C'est pour ça que j'ai mangé avant.

« 2) Les enfants doivent être accompagnés d'un adulte. » Ça va, je ne suis plus un enfant, je n'ai plus besoin que mon père soit là.

« 3) Enfants 9,95$ Adulte 1,95$ » Il me reste trois dollars dans les poches. C'est assez.

« 4) Animaux interdits » Ça va, je n'ai pas d'animaux et n'en ai jamais eu. Ce n'est pas comme cette maudite Mme Esther, ma voisine de palier qui a, qui avait, deux gros chiens… Même vous, vous ne les auriez pas aimés, ces nuisances publiques. Pour une fois, vous auriez approuvé mon geste d'hier après midi. Mais non, vous n'étiez pas là, c'est sûr, vous êtes seulement présent quand je fais des erreurs. Vous êtes toujours là pour me punir.

Quand j'arrive devant l'employé imberbe, derrière son comptoir, il me sourit. Un sourire forcé, il n'a pas le choix d'être gentil. Les jeunes…

– Bonjour monsieur…
– Bonjour.
– Heu… Où est votre enfant, monsieur ?
– Je n'en ai pas.

Silence.

– Quoi? Qu'est–ce qu'il y a ?

– Heu… vous devez être accompagné d'un enfant pour entrer ici, monsieur.
– Où ça? Où est–ce que c'est écrit ?
Il lève les yeux au plafond, l'air exaspéré.
– Nulle part, monsieur.
– Bon, je veux entrer ! que je dis en haussant le ton.
Il ne sourit plus. Là, il se met à ressembler à n'importe quel jeune drogué qui n'a rien à foutre d'être en vie, rien à foutre de sa vie, rien à foutre de celle des autres.
Surtout pas de mon bonheur.
– J'ai le droit d'entrer! J'ai le droit de m'amuser, moi aussi ! que je crie.
– Écoutez monsieur, vous êtes un adulte, m'explique-t-il comme s'il parlait à un gamin. Ici, c'est pour les enfants.
– Et ?
Il me dévisage comme si j'étais un phénomène de foire, le fou du village. Il ne répond pas à ma question, pourtant toute simple.
– Et ? que je répète.
Le jeune hausse les épaules. Je constate une fille assise à sa droite. Sa petite amie ? Une autre employée ? Non, pas avec ces affreux cheveux verts ? Où s'en va le monde ? En tout cas, elle aussi me dévisage, en mâchant de façon presque violente une gomme.
– Je suis désolé, monsieur. On ne peut pas toujours avoir ce qu'on veut dans la vie.
Il croit que je ne le sais pas déjà, ça ? Je ferme les yeux, je ne dois pas perdre patience. Je prends une profonde inspiration.
      Je les entends rire de moi.
– Pfft… Y en as–tu des malades dans le monde, non ? chuchote le gars à la fille.
J'ouvre les yeux en expirant. Je sors mon .38 et pointe le canon sur l'employé. Il ne rit plus de moi, ce petit con. Je savais que j'en aurais besoin. J'ai bien fait de le prendre dans le tiroir de madame Esther. Peut–être qu'il appartenait à son défunt mari? Peu importe, maintenant, c'est dans ma main qui est.
– Heu… Heu…, bégaye le jeune.
– Je peux entrer, là ? Tiens, voici tout ce que j'ai, trois dollars, garde le change.
Les deux demeurent figés, silencieux, pendant que j'entre, le cœur battant.
J'entends un chuchotement, c'est le garçon : « Appelle la police ! »
Le salaud.
Bang ! Un coup de feu. La main de la fille explose avant de se poser sur le téléphone mural.
Bang ! Tiens, le préposé, une balle en plein front. On ne la voit plus, ta sale gueule moqueuse!
La fille s'écroule à genoux, elle pleure, elle souffre en fixant le charnier sanglant qu'est devenue sa main. Elle n'appellera pas la police, ça, c'est certain.
Mais je ne l'achève pas. On ne tue jamais une femme. Seulement les hommes. C'est mon père qui m'a dit ça sur son lit de mort. J'ai enfreint cette règle à une seule reprise : à ma naissance. Quant à madame Esther, elle était déjà morte, à demi dévorée par ses chiens quand j'ai forcé la porte, fatigué d'entendre les maudits jappements. C'est les cabots que j'ai tué, pas la vieille. On tue les chiens, pas les chiennes.
Je me retourne vers la salle. Je souris un moment mais n'ose pas avancer. Tout est tellement petit ici. Et moi, je suis tellement gros. Trop pour monter sur ces manèges en forme d'animaux, de lions, d'éléphants, de girafes… Quand j'étais jeune, je montais sur ce trampoline et je sautais, je sautais… Maintenant, je le briserai à cause de mon poids. Et ces toiles sur les murs, elles m'apparaissent si étroites à présent. Ces peintures, ces décors naïfs dépeignant la vie dans la jungle, représentent les seules œuvres d'art que j'ai aimé de toute ma vie. Là, ce lion qui sourit à la gazelle, n'est-ce pas merveilleux ? N'est–ce pas ainsi que la vie devrait être ? Je le croyais quand j'étais enfant. Heureusement, mon père m'a appris à chasser avant d'être chassé. Le chasseur et non la proie.

Dans le temps, j'aurais aimé être le petit singe, c'est celui qui semblait avoir le plus de plaisir dans le lot. Mais maintenant, et toute ma vie, je suis davantage devenu le gros éléphant. Le dindon de la farce.

Je suis encore seul. Où est le bonheur ? Je suis pourtant dans ce lieu magique, intemporel, coloré… des jeux, partout !

Jamais personne avec qui partager.

Des pleurs. J'entends quelqu'un qui pleure. C'est la fille. Je vais la chercher dans la cabine et la traîne dans la salle. Je veux qu'elle puisse regarder les toiles, voir les animaux. Regarde, regarde comme ils sont heureux ! Vois ce lion et cette gazelle et souris comme eux !

Je pose le canon de mon .38 sur sa tempe.

– Sois heureuse ! Comme les animaux. Si tu es heureuse, moi aussi, je vais l'être.

J'entends des murmures dans son dos. Je me retourne. À l'extérieur de Jungleries, plein de gens qui me regardent, effrayés, comme si j'étais un monstre.

– Vous ne comprenez pas. Je ne suis pas un monstre, je suis un petit singe.

– Il est malade ce gros tas.

Malade. Gros. Tas.

C'est tout ce que je suis pour eux. Pour vous. Je ne suis pas de taille face à cette société, cette jungle impitoyable. Une machine, ça rouille dans la jungle. Dans le temps, j'étais trop petit pour certaines choses, ces choses dégoûtantes qu'on est supposé faire avec une femme dans le noir. Et maintenant, je suis trop grand, trop gros pour tout. Un gros tas encrassé, rouillé.

Je n'ai jamais été dans le juste milieu.

Le juste milieu. Où se cache-t-il ? C'est comme le bonheur, on ne le trouve jamais. Mais juste pour une fois, juste une, j'aimerais ça.

– Ça va être toi le petit singe, que je dis à la fille, en souriant. Vas-y, va sauter sur les trampolines. Va t'amuser. Papa va te regarder un moment.

Elle se tient le moignon saignant et me fixe. On dirait qu'elle a peur de moi.

– Aies pas peur, c'est juste un fusil.

Elle s'y rend d'un pas lent, laissant une traînée rouge sur son passage. Elle monte sur le trampoline et m'observe, immobile.

– Allez, vas-y, saute ! Papa te regarde.

Elle ferme les yeux et commence à bouger. Et voilà. Ça y est. Le petit singe s'amuse. Comme dans le temps. J'en ai les larmes aux yeux. Vous voyez, je ne suis pas si dangereux que ça. Je suis capable de faire des bonnes actions, n'est–ce pas ? Même si je ne me suis pas amusé moi, je réalise qu'une machine n'a pas été conçue pour s'amuser, j'ai permis à quelqu'un d'autre de le faire. C'est le retour des choses, c'est moi le père maintenant. Comme mon père, dans le temps, aucune émotion, c'est le petit singe qui doit en avoir. Et regardez–la s'amuser, sauter sur le trampoline de plus en plus haut. Elle aime tellement ça qu'elle en pleure. Ses épaules tremblent. Non, non, ce n'est pas du sang qui éclabousse les murs, c'est de la joie à l'état pur. C'est le juste milieu. Je l'ai trouvé. Enfin. Pour une fois dans ma vie.

Saute, petit singe, saute !

Derrière moi, je vous entends. On vous a appelé. Bientôt, vous allez entrer pour me passer les menottes.

La taule ? Ce n'est pas pour moi. Une machine trop usée, ça va à la ferraille.

Adieu petit singe. Je pose mes yeux, le temps de quelques secondes, sur les toiles accrochées aux murs. Une dernière vision du paradis. C'est là que je m'en vais.

Froid contre ma tempe.

Bang !

FIN

De l'importance du modèle
Samia Dalha

— C'est bien la première fois que tu réussis quelque chose dans ta vie, mon petit Tommy ! Je n'aurais jamais cru que tu en serais capable.

Il ne dit rien, ne sourcilla même pas. Outre le fait qu'il détestait ce surnom idiot de Tommy, il ne s'était pas attendu à ce que sa mère saute de joie à l'annonce de sa première exposition et finalement, sa réaction était même plus enthousiaste qu'il ne l'avait espéré.

Thomas J. Devereaux – peintre amateur mais qui espérait bien être reconnu par ses pairs un jour prochain – avait fêté ses 38 ans le mois précédent et avait, par une heureuse coïncidence, reçu ce jour-là la lettre d'une galerie d'art de troisième ordre se disant intéressée par ses tableaux et souhaitant les exposer dans sa salle principale, s'il voulait bien prendre contact au plus vite, etc, etc. Galerie minable ou non, c'était la première fois qu'on lui faisait une telle offre. En fait, c'était la première fois qu'on lui faisait une offre tout court. Il en avait ressenti tellement de fierté qu'il avait imaginé crier la bonne nouvelle à sa mère depuis le vestibule d'où il venait de ramasser le courrier tombé sur le tapis de l'entrée. Au dernier moment, il s'en était abstenu. Il la connaissait suffisamment pour savoir qu'elle ne partagerait pas sa joie ; pire, elle lui gâcherait la sienne avec des réflexions sur la médiocrité de l'endroit qui lui proposait d'exposer ce qu'elle appellerait immanquablement ses « croûtes ». Non, décidément, mieux valait profiter seul de cette nouvelle. Il aurait bien le temps de la lui apprendre une fois l'exposition en cours.

Et c'est exactement ce qu'il était en train de faire, là, dans la chambre de sa vieille mère.

— Et on parle d'une possible deuxième session si je suis capable de fournir dix nouvelles toiles aussi bonnes que celles qui sont exposées actuellement, dit-il, ignorant sa réflexion sarcastique. Il va falloir que je me remette à peindre sérieusement. Tu sais, quatre tableaux ont déjà trouvé acheteur et, selon le directeur, après seulement six jours d'expo c'est du jamais vu.

La vieille femme secoua la main avec impatience, montrant ainsi le peu d'intérêt qu'elle portait à l'opinion de quelqu'un pour qui elle était déjà pleine de mépris.

— Je suppose donc que ça implique que tu me trouves une nouvelle dame de compagnie ? Demanda-elle.

— Je crois que ce serait le mieux, oui, lui répondit-il.

Ils n'en dirent rien mais tous deux se mirent à penser à la dernière femme de compagnie qui n'avait tenu celle-ci à sa mère que quelques jours. Mieux vaudrait éviter de s'adresser à la même agence de placement.

— Bien, dit Thomas que ce silence rendait nerveux, je m'en occupe dès demain.

Il tournait déjà les talons pour quitter la pièce quand la voix de sa mère, pleine de cynisme, l'arrêta.

— Et ne va pas t'imaginer que tu es le nouveau Jackson Pollock ! Tu en es loin Tommy, très loin.

Il faillit lui répondre que si elle se donnait la peine de s'intéresser à un minimum à son travail, elle saurait qu'il méprisait Pollock, comme tous ceux qui considéraient le dripping comme un art… Un art ? Pisser sur une toile n'avait rien d'artistique ! Son art à lui était pur, il le puisait dans ce qui faisait la vie, l'humain. Mais à quoi bon ? Sa mère se foutait bien de son opinion, de ses goûts et de ses passions ; 38 ans de vie à ses côtés le lui avaient appris depuis longtemps. Au lieu de ça, il descendit au sous-sol où il avait aménagé son atelier il y avait de cela des années.

En y entrant, il fut frappé de plein fouet par une odeur de pourriture avancée. Respirant par la bouche il se dirigea à grands pas vers le fond de la pièce d'où l'odeur nauséabonde émanait. Là, de guingois sur un tabouret en bois, était posé ce qui ne pouvait être qu'un corps de femme emballé dans une bâche transparente. Quand Thomas s'en approcha, il lui sembla que Belzébuth en personne lui soufflait son haleine viciée à la figure. Il souleva la housse en plastique et se trouva face à une masse de chairs en putréfaction ; il devinait un visage, aux yeux écarquillés qui le regardaient sans ciller, la terreur à jamais imprimée sur la rétine. Pour le reste, seules étaient identifiables quelques dents rendues visibles par la disparition de la lèvre supérieure qui semblait avoir été rongée. Par quoi ? Il n'aurait su le dire puisqu'il l'avait éventrée. Il tenait à garder son visage intact. Mais dans l'excitation de sa toute première exposition, il l'avait totalement oubliée.

Il haussa les épaules, impuissant, et sortit de la pièce, laissant celle-ci grande ouverte pour y renouveler l'air.

Il n'y remit pas les pieds avant la nuit où, entièrement habillé de noir et armé d'une scie japonaise, il se mit au travail sur le cadavre. Démembrer les corps et creuser des trous assez profonds pour les enterrer n'étaient pas au nombre de ses activités favorites mais il ne rechignait jamais à s'y atteler. C'était signe, habituellement, que le tableau sur lequel il travaillait était fini.

Trois heures plus tard et en sueur, il remonta chercher de grands sacs plastiques dans le garage et y répartit les morceaux du corps dans une quinzaine d'entre eux. Une fois fait, il songea un instant à terminer le travail le lendemain puis oublia cette idée. Plus vite il en aurait fini, plus vite il pourrait se remettre à peindre ; et la galerie attendait ses œuvres. Il remonta à nouveau et toujours dans le garage, dénicha la pelle dont il se servait pour ce genre de corvées, puis il s'enfonça dans la forêt attenante à la maison.

Quand Thomas termina sa besogne, le soleil se levait. Il avait l'impression d'être passé sous un rouleau-compresseur. Il traina la pelle jusqu'au garage, la balança dans un coin et eu juste la force de prendre une douche bouillante avant de s'effondrer sur son lit.

Sa tête avait à peine touché l'oreiller qu'il ronflait comme un sonneur. Il ne se réveilla que dans l'après-midi du lendemain, au son de la voix de madame Devereaux.

– Tommy ! Tommy !

À son ton impatient, Thomas devina qu'elle devait l'appeler depuis un bon moment.

– Oui maman, j'arrive, une seconde, dit-il tout en sautant dans un pantalon et en cherchant la chemise qu'il avait abandonné sur le sol la veille.

Enfin, il la rejoignit dans sa chambre.

– Pas trop tôt, maugréa-t-elle, qu'est-ce que tu faisais ?

– Je dormais, j'ai eu du boulot jusque tard dans la nuit, une des filles que j'avais oublié en bas.

Sa mère éclata d'un rire que les années de nicotine avaient transformé en un sifflement rauque qui écorchait les oreilles de son fils.

– Décidément, mon pauvre Tommy, on peut dire que la gent féminine te crée bien du souci. J'ai toujours su que tu n'aurais jamais aucun succès auprès d'elle. Tu sais quel est ton problème ? Tu es un empoté ! Et puis faire un peu de sport ne te tuerait pas !

– Bon alors, qu'est-ce que tu voulais ? Demanda-t-il, faisant fi de ses railleries.

– N'est-ce pas aujourd'hui que tu devais aller me chercher une dame de compagnie ?

– Laisse-moi le temps de prendre un rapide petit-déjeuner et je m'en occupe tout de suite après, répondit-il en finissant de boutonner sa chemise.

– Un petit-déjeuner ? Sais-tu par hasard l'heure qu'il est ?

Qu'importe, je meurs de faim. À tout à l'heure.

Et sans lui laisser le temps d'un nouveau sarcasme, Thomas quitta la chambre. Mais une porte n'avait jamais arrêté Fionnula Devereaux quand celle-ci avait quelque chose à dire :

– Et tâche qu'elle soit jolie cette fois ; la dernière aurait fait rater une couvée de singes !

Abigail Lopresti. Thomas repensa à elle pendant qu'il se faisait frire des œufs. Sa mère exagérait. Bien sûr, Abigail n'avait pas la beauté froide des anciennes actrices hollywoodiennes que madame Devereaux appréciait tant, mais tout de même, elle avait du charme. Il était d'ailleurs tombé sous celui-ci au premier regard. Il s'était bien gardé d'en parler à sa mère mais celle-ci devinait tout. Elle s'était moquée de lui et de ce qu'elle appelait ses goûts douteux en matière de femmes, lui signalant au passage que même une pauvre fille comme Abi n'était pas désespérée au point de lui tomber dans les bras. Et elle avait eu raison. Un soir que la jeune femme s'apprêtait à rentrer chez elle alors qu'une averse faisait rage, Thomas lui avait proposé de la raccompagner en voiture. Elle avait accepté avec gratitude, le pauvre vélo qui lui servait de moyen de transport ne lui offrant ce jour-là que la promesse d'une pneumonie carabinée.

A mi–chemin de chez elle, il s'était jeté à l'eau et lui avait proposé de sortir un de ces soirs. Elle avait répondu que cette proposition était séduisante mais qu'elle ne pouvait accepter, ne souhaitant pas mélanger travail et vie privée. Foutaises ! Un sourire moqueur s'était dessiné sur ses lèvres quand il lui avait fait sa demande. Bien sûr elle l'avait vite effacé mais il l'avait vu ! Il n'eut d'autre choix que de s'arrêter au bord de la route et de le lui faire ravaler définitivement. Puis il avait fait demi–tour et avait traîné le corps dans son atelier. Une fois bien installé, il avait sorti son matériel et avait peint toute la nuit. Le résultat était époustouflant, l'une de ses plus belles toiles. Elle faisait d'ailleurs partie de celles qui avaient déjà été vendues à la galerie et il n'aurait pas été surpris d'apprendre qu'elle avait été la première à partir.

*

Il avala ses oeufs en ressassant cette histoire puis il sortit et se mit en quête d'une nouvelle agence de placement pour employés de maison.

Il finit par en trouver une dans laquelle il n'avait encore jamais mis les pieds et, une fois sa recherche expliquée, on lui remit plusieurs dossiers de candidates susceptibles de lui convenir. Il fit mine de les feuilleter, hochant la tête devant les références rapportées mais en réalité, seules les photos des postulantes l'intéressaient. Il fallait qu'il en trouve une qui plaise à sa mère tout autant qu'à lui ; la galerie n'allait pas attendre des siècles ses nouveaux tableaux. Il en était à éplucher le septième dossier et n'avait vu jusque là que des filles au sourire forcé, l'air gauche. Il commençait à désespérer de trouver son bonheur quand, à l'ouverture du huitième, il eut le souffle coupé. Elle était là. La future dame de compagnie de sa chère maman. C'était un instantané bon marché mais qui laissait entendre de douces promesses de tableaux. Blonde, un sourire mutin, de grands yeux rieurs. L'espace d'un instant, Thomas eut l'impression de contempler un portrait de Joan Fontaine. Il s'avança vers l'employé à qui il s'était adressé en arrivant.

*

Deux jours plus tard, la sonnette de la maison des Devereaux retentit. Enfin ! pensa Thomas. Ça faisait quarante huit heures qu'il s'était remis au travail dans son atelier et rien de bon ne semblait décidé à en sortir. Il regretta même – l'espace d'un instant – de s'être débarrassé de sa dernière victime. Sans autre matériel que celui, classique, qu'utilisaient les peintres, il n'était bon à rien.

– J'y vais ! cria-t-il à l'adresse de sa mère en s'essuyant les mains dans un vieux chiffon imbibé de white spirit.

Il espérait bien que la nouvelle venue serait aussi ressemblante que sur la photo ; on pouvait parfois être déçu avec ce genre de procédé. Et en effet, le cliché était un peu inexact en ce qu'il n'avait pas laissé voir toute la grâce et toute la beauté de la jeune fille qui se tenait sur le seuil.

– Excusez-moi de vous fixer comme ça mais si la photo dans votre dossier laissait entrevoir une belle fille, vous êtes au–delà de toute espérance, dit Thomas en guise d'accueil.

La belle fille en question ne répondit rien, se contentant de rougir.

– Je suis artiste peintre, autant dire que je suis un esthète, continua Thomas en la faisant entrer. D'ailleurs j'étais en train de travailler quand vous avez sonné. J'ai mon atelier dans la maison ; ça vous intéresserait d'y jeter un coup d'oeil ?

– Ce serait avec plaisir, répondit-elle retrouvant l'usage de la parole, peut–être plus tard ? On m'a parlé d'une vieille dame qui aurait besoin de mes services, puis–je la rencontrer maintenant ?

– Hein ? Oh, oui, bien sûr, répondit Thomas un peu déçu. Il s'agit de ma mère, si vous voulez bien me suivre, elle est en haut. Elle ne quitte jamais sa chambre, aussi vous y passerez la plupart de votre temps vous aussi.

– Très bien, ça me va.

En silence, ils grimpèrent l'escalier. Arrivé devant la dernière porte du couloir, Thomas frappa deux petits coups secs et tourna le loquet.

– Maman ! Voilà mademoiselle…

Il se tourna vers la jeune fille, l'oeil interrogateur.

– Glynn, lui répondit-elle.

– Mademoiselle Glynn, ta nouvelle dame de compagnie, tu vas voir elle va beaucoup te plaire.

Il s'effaça pour la laisser entrer dans la chambre. Celle–ci était plongée dans la pénombre.

– Excusez-moi, dit la jeune femme quand elle se fut habituée à l'obscurité, mais il n'y a personne dans cette pièce.

Thomas sursauta. Il n'avait pas pensé que les choses iraient si vite. Il attrapa l'un des lourds chandeliers en airain posé sur une commode qui jouxtait la porte près de laquelle il était resté puis s'approcha dans la jeune fille à grands pas.

Elle leva les mains devant son visage et se mit à hurler mais son sort était scellé et rien ne put empêcher sa triste destinée.

Le candélabre dans la main de Thomas la frappa à trois reprises et elle s'effondra sur le sol avec un bruit mat.

– Encore une qui t'a pris pour un fou mon petit Tommy ? Madame Devereaux exultait. Et je n'ai même pas eu le temps de faire sa connaissance !

Thomas, le visage rouge et en sueur, se tourna vers le grand tableau accroché au–dessus du lit. Sa plus belle réussite, sa plus belle toile, celle dont il était le plus fier. Il l'avait exécuté alors que la rigor mortis n'était pas encore installée et sa mère était plus belle que jamais, les yeux à demi-fermés, le regardant avec un mélange de peur et de respect qu'elle ne lui avait encore jamais montré auparavant.

– J'irai t'en chercher une autre demain, lui répondit-il.

FIN

Le retable d'Ar'Magraa
Marc Oreggia

– Ar'Magraa, tes enfants n'ont pas été sages !
La tête sanguinolente des deux ogrelets roule en quelques rebonds indécents dans le couloir sombre et puant du manoir. Tapie à l'autre extrémité, la sorcière obèse prononce en borborygmes rauques une formule incompréhensible.

Oh, non, merde ! T'aurais pas du la provoquer, je bégaie. Je n'en mène vraiment pas large à ce moment là, et je vous dois la vérité, j'aurais bien pris la fuite, si je ne m'étais pas emmêlé les pinceaux dans ma robe de mage. Un putain de sort, je crie à mes compagnons, elle va nous lancer un de ses putains de sort !

Ignorant ma supplique, Shakraan, de ses mains désormais libres, tire une épée gigantesque de son fourreau et marche sans hésiter vers l'ogresse. Il grogne.

– Tu vas dérouiller, vieille outre putréfiée. Tu vas payer pour tes horribles forfaits. Ce monde sera bientôt débarrassé de toi, ignoble truie !

– Shaakraaann le baarrbaare, éructe la sorcière en un horrible rictus. Tu as commis l'errreeeuur de toucher à mes deux meerrveilles. J'aurais pu te tuer sans… SANS TE FAIRRE SOUFFRRIR. Je vais m'occuper de toi. Arrzzhgrrhaabbharrghrraeeuh–reuuh…

Et là…

Bon. Je crois tout de même qu'il faut que je vous raconte comment on en est arrivé là…

Il faut vraiment qu'ils comprennent, au Grand Conseil de Palabre, que je suis magicien, moi, pas psychiatre. Enfin, je pense pouvoir diagnostiquer une dementia daemonis chez ce pauvre paysan, une psychose paranoïde en tous points similaire aux douze cas qui m'ont été précédemment soumis. Le caractère ésotérique de l'affection sauterait aux yeux d'un sorcier débutant, d'ailleurs. Pauvres malheureux, mes décoctions ne leur seront pas d'un grand secours, je le crains. Tous ces malades, que vous avez trouvés sur les routes, viennent de la même région. Ils ont le morphotype caractéristique de Rousselune, un des coins les plus reculés de la Province. Un village dont nous sommes sans courrier depuis un mois. D'ailleurs, n'est-ce pas une étrange coïncidence ? C'est là, à la source maléfique même de cette folie, qu'il faut chercher, je leur ai dit. J'aurais mieux fait de me taire, une fois de plus. « Nul autant que vous, grand Cabraal, ne sera à la hauteur de cette tâche », qu'ils m'ont répondu gravement.

Heureusement, j'ai Alya. Mon apprentie. Des jambes interminables, de longs cheveux noirs, tout bouclés, une peau ambrée, de grands yeux clairs, et comme un tatouage de dragon sur l'épaule. Avec ça, un discret anneau d'or (enfin, je crois) qui lui perce la lèvre inférieure et lui donne un air de… bref. Alya, donc, a mené son enquête, avec la rationalité qui me fait tant défaut.

– J'ai peut–être bien trouvé un truc intéressant sur ce village, Rousselune. Figurez-vous que le temple a été reconstruit l'année dernière.

– Mais encore ?

Ici, elle reprend en se donnant un air tout à la fois mystérieux et satisfait d'elle–même :

– Une nuit, un mystérieux artiste a déposé un tableau au fond du temple, une gigantesque peinture, enchâssée dans un retable de bois, une essence de grand prix. On en a beaucoup parlé dans la région, les gens sont venus admirer le tableau, une œuvre de grande qualité, paraît-il.

Elle commence à m'intéresser.

– Sait-on qui a apporté une telle offrande ?

— Non. Personne ne le sait, me répond Alya. Mais la même nuit, des gamins du village ont prétendu avoir aperçu de loin une silhouette gigantesque sur le chemin qui mène à la forêt…
— Hum… ça me paraît, malheureusement, de plus en plus clair.
— Plus clair, je ne sais pas, mais tout nous ramène en effet à ce temple.
— Et bien, qu'attendons-nous ? En route pour Rousselune !

Après une journée de voyage, nous faisons un crochet par Mortefraise. Cela fait plusieurs semaines déjà que je dois rendre une visite à l'un de mes malades, qui réside dans ce petit bourg austère et venteux. Shakraan le mercenaire, puisqu'il s'agit de lui, me voit arriver de loin. Il débite monstrueusement des rondins de chêne devant sa masure, et n'a pas l'air ravi de me voir débarquer à l'improviste. Il nous salue courtoisement et nous invite à entrer chez lui, mais je m'inquiète un peu, parce qu'il garde sa hache à l'épaule tout en nous préparant le thé. Il est visiblement toujours toxicomane, l'intérieur de la maison sent le lotus noir à plein nez. J'ai longtemps hésité, l'année dernière, avant d'accepter ce patient. Ce n'est pas tant que je ne sois pas réellement guérisseur, que les horribles circonstances du massacre de la clientèle de l'auberge du Hibou Assoiffé, lors de son dernier épisode dépressif, qui m'ont d'abord retenu. Mais nous avons rapidement sympathisé, et je peux me vanter d'avoir obtenu avec lui d'assez bons résultats. Il n'entend plus la voix d'Odin dans sa tête et n'a, après tout, plus tué personne depuis six mois. Bon, étant payé pour ça par le Grand Conseil, je me sens encore obligé de lui faire subir, comme à tous mes malades, d'ailleurs, quelques séances d'hypnose, qui ont eu jusqu'à présent l'heureux effet de l'apaiser et qui l'ont même amené à quelques confidences. Mais qu'y puis–je, moi, s'il a été vendu enfant à un marchand d'esclaves et qu'il n'a jamais revu sa mère ?
— Cela vous ferait du bien de voyager un peu, lui dit Alya, à un moment.
Je crains de deviner où ma jeune élève veut en venir. Je lui chuchote à l'oreille :
— Enfin, Alya, vous êtes tombée sur la tête ?
— Pas du tout, maître, elle me répond tout aussi bas, mais je me sentirais peut–être plus en sécurité si cette montagne de muscles nous accompagnait.
— Ah… Après tout, pourquoi pas ?

L'arrivée à Rousselune, le lendemain, est comme un mauvais rêve. Nous atteignons l'endroit au crépuscule, par la forêt, ce qui est déjà assez oppressant. Le village est vide de ses habitants, et une odeur pestilentielle flotte dans les ruelles. Il y a quelque chose qui cloche. Alya s'étonne :
— Où sont tous les gens ? Oh, regardez, Maître, tous ces boudins qui pendent aux portes et aux fenêtres. Drôle de décoration. C'est une tradition locale ?
Je manque de dégueuler.
— Pas vraiment. Ce sont… des intestins grêles. Et bien, il n'y a qu'à suivre la piste, regardez, il y en a aussi par terre.
Nous nous approchons du temple, qu'il nous est aisé de trouver. Devant la gigantesque porte, une petite fille d'environ trois ans, visiblement traumatisée, chouine misérablement. Alya la prend dans ses bras et tente de la consoler, ramenant avec délicatesse la pelote ébouriffée de ses cheveux roux contre son sein. Repoussant d'un pied mal assuré un reste de matières visqueuses qui dégouline sur le perron, je propose :
— Qui entre le premier ? Shakraan ?
Le guerrier n'attend pas davantage et pousse la porte d'entrée, qui grince effroyablement. Je le laisse faire seul quelques mètres à l'intérieur du temple, avant de le rejoindre, laissant Alya dehors avec notre petite protégée. L'endroit est vide, les bancs sont renversés, des pages déchirées parsèment le sol, comme si une tempête avait secoué la bâtisse de l'intérieur, ou que des fidèles épouvantés par quelque diable avaient tenté de fuir. Nous allumons des torches pour mieux constater les dégâts, et notre attention se trouve attirée par le mur d'en face, situé derrière l'autel. Une toile, de dimension gigantesque, éclaire le fond du temple d'une lueur rougeâtre et inquiétante. L'œuvre est abstraite, elle

ne représente rien, rien de connu dans le monde des hommes, du moins. D'un brouillard pourpre, une masse noire et fumeuse, tourbillonnante, striée de filaments nerveux et sanglants, comme peints à la griffe, émerge et s'élève vers un ciel obscur, gravide d'une menace indicible. Dans un des coins du tableau, celui du bas, à gauche, un glyphe creusé dans la pâte rouge révèle un nom. Un nom que j'aurais préféré ne pas avoir à retrouver ici : Ar'Magraa. Ar'Magraa, la démone métamorphe et cannibale, l'ogresse buveuse de sang, la maîtresse du feu et des dimensions cachées.

– Il faut entrer dans le tableau !
Shakraan me regarde bizarrement.
– Dans le tableau, je répète. J'ai résolu le mystère, du moins je crois. Ar'Magraa est une sorcière, une ogresse maléfique qui, de village en village, utilise ses toiles pour hypnotiser ses proies avant de les dévorer, mais aussi pour ouvrir des portes vers la dimension démoniaque. Elle y sert Baalzebul, et d'autres terreurs nocturnes, qu'elle est en charge de nourrir. Ils ne peuvent quitter leur monde maudit et doivent être depuis peu en manque de chair fraîche. Seuls quelques paysans ont pu leur survivre, ceux-là mêmes que des voyageurs ont retrouvés en train d'errer sur les chemins de la Province. Je la croyais morte, mais je me trompais, hélas ! Ar'Magraa est le mal personnifié. Ses talents picturaux sont en outre très contestables.

De l'obscurité qui, du sol, monte vers l'œuvre et lui fait un socle irréel, s'échappe alors un cliquetis sordide. J'encourage mon compagnon à s'approcher, pendant que je me remémore un sortilège de protection contre les ombres et accompagne mon incantation d'une technique de recul, un rituel de deux bons mètres, en pas chassés. Shakraan, soudain, se fige. Devant le retable, deux ogrelets aux contours obèses et répugnants, de la taille d'humains adultes, jouent en couinant de plaisir avec des osselets, qu'ils font rebondir sur le sol de pierre. Des osselets qui n'ont rien d'animaux, je le crains. Je reconnais la forme significative de quelques rotules, de tarses et de vertèbres, peut-être d'un astragale. Un des ogrelets tourne alors la tête vers nous et tire un rôt sourd d'une gueule baveuse et tordue.
– Burp… Zumains ? Zumains ?
Les deux obscènes créatures lâchent alors leurs jouets abjects et se ruent vers nous, aussi vite que leurs jambes difformes et boiteuses le leur permettent. Leurs sourires ignobles révèlent plusieurs rangées de dents aussi effilées que des couteaux de bouchers d'où pendent encore, je le discerne d'où je suis, d'angoissants restes alimentaires. Je dois dire que la suite me semble assez confuse, mais pour faire court, Shakraan est finalement loin d'avoir perdu la main pendant sa dépression. Je ne sais pas si ce sont les hurlements accompagnant les arabesques de sa lame, de ses feintes, de ses fentes qui m'impressionnent le plus, ou si ce sont les grandes gerbes de sang qui achèvent de colorer la toile lorsque les corps décapités des ogrelets tombent avec fracas sur les dalles.
– Bon, t'es sûr qu'on peut entrer là dedans ? il me demande, une tête dans chaque main.
– Oui, bien sûr, je réponds. Si tu m'as bien écouté, cette toile est un passage, une porte vers l'autre dimension, où se trouve le repaire d'Ar'Magraa. La présence de ses deux progénitures le démontre.
– T'es vraiment sûr ?
– Si je te le dis… Alya va quand même rester ici, avec la gosse…

La jeune femme vient de nous rejoindre, portant dans ses bras la fillette à présent endormie. Elle aurait mieux fait de rester dehors. Pour tout dire, alors que je tâtais la croute de peinture en cherchant je ne sais quoi, une force m'a attiré et je me suis immédiatement enfoncé dans quelque chose de vaporeux, entraînant avec moi Shakraan, qui tentait de me rattraper, mais aussi Alya, qui essayait, elle, de rattraper Shakraan d'une main, tandis qu'elle tenait encore la petite de l'autre. Bref, tous ensemble, nous tombons dans la toile plus que nous y entrons.

Le monde à l'intérieur du tableau est, de manière évidente, un autre monde. Quelque chose de plus sordide que le monde réel, si cela est possible. Il faut s'imaginer un paysage sombre, comme une suite de forêts calcinées sous une pluie de lave. Au dessus de nous, cent nuages filandreux étirent des formes maigres et sanguinolentes. Nous marchons des heures, sans rien rencontrer d'autre que les corps salement mutilés de quelques inconscients, sans doute des villageois ayant tenté d'affronter le pire, si j'en juge aux armes de fortune qui jonchent le sol noir. Enfin, au fond de ce paysage de cauchemar, un manoir qui semble tiré de l'imagination d'un peintre schizophrène découpe ses contours biscornus sur le ciel cramoisi. Nous entendons alors le rire démoniaque d'Ar'Magraa. J'ai bien du mal à suivre Shakraan qui, piqué au vif, franchit à grands pas un pont sur l'étrange rivière de magma qui nous sépare du manoir. Il en défonce presque aussitôt la porte d'un simple coup d'épaule et fait de grands moulinets dans le vestibule.

– Ma', tes enfants n'ont pas été sages !
La tête sanguinolente des deux ogrelets roule en quelques rebonds indécents dans le couloir sombre et puant du manoir. Tapie à l'autre extrémité, la sorcière obèse prononce en borborygmes rauques une formule incompréhensible.
– Oh, non, merde ! Meerde ! T'aurais pas du la provoquer, je bégaie. Je n'en mène vraiment pas large à ce moment là, et je vous dois la vraie vérité, je recule en urinant dans ma robe de mage. Un putain de sort, je crie, elle va nous lancer un de ses putains de sort !
Ignorant ma supplique, Shakraan, de ses mains désormais libres, tire son épée gigantesque de son fourreau et marche sans hésiter vers l'ogresse. Il grogne.
– Tu vas dérouiller, vieille outre putréfiée, tu vas payer pour les enfants de Rousselune. Ce monde sera bientôt débarrassé de toi, ignoble cochonne !
– Shaakraaann le baarrbaare, éructe la sorcière en un horrible rictus. Tu as commis l'errreeeuur de toucher à mes deux meerrveilles. J'aurais pu te tuer sans… SANS TE FAIRRE SOUFFRRIR. Je vais m'occuper de toi. Arrzzhgrrhaabbharrghrraeeuh–reuuh…

Et là, Ar'Magraa n'a pas le temps de finir sa phrase. La petite fille s'est mise à crier, un affreux bruit de crécelle qui couvre la voix de l'ogresse, prise au dépourvue. D'un bond, Shakraan est sur elle. C'est assez surprenant, en fait, de voir un corps aussi volumineux être aussi aisément coupé en deux parties égales. Les deux morceaux continuent à bouger d'ailleurs, à tressaillir plutôt, enfin un peu, tandis que Shakraan essuie sa lame sur un tapis qu'il vient de soulever du sol, d'une main, comme ça.
– L'habitude de couper du bois, il me fait.

Dehors, lorsque nous sortons du manoir, il y a dans le ciel un je ne sais quoi, comme un dégradé qui va de l'orangé au fuchsia, et qui rend le coin moins étouffant, plus apaisé.
– Voilà, la sorcière est morte, et sans elle pour le nourrir, Baalzebul va mourir de faim.
Alya tourne alors vers moi son visage d'ambre, et son regard m'éclaire. Elle a pris dans ses bras la petite fille rousse, qui se met à sucer son pouce et, peu à peu, ferme les yeux.
– Il ne vous reste plus qu'à nous ramener dans notre monde, maître, elle me dit en souriant. Ce serait trop bête de croiser ce démon.
– Hum… qui vous a dit que je savais comment sortir d'ici ? …

Là, je crains d'avoir été maladroit. Je sens tout de suite que Shakraan, qui tire de nouveau son épée de son fourreau en me regardant bizarrement, a comme un gros coup de cafard.

FIN

Le bourreau de Bartimée

Stéphane-Paul Prat

Les hommes sont divisés en deux parts : martyrs et bourreaux.
Alfred de Vigny

Un soir de l'hiver 18**, de retour à mon hôtel particulier, faubourg Saint-Germain, je découvris un étrange cadeau que m'avait fait porter mon vieil ami le Duc de Broglio. Il s'agissait du portrait, peint à l'huile, d'un soldat républicain en uniforme – tableau certes peu original mais qui me fit frissonner dès le premier coup d'œil !

Pourtant, à y regarder de plus près, il était malaisé de détailler ce qui suscitait à ce point la crainte. Etaient-ce ces petits yeux sombres dardant la haine ? Ce nez fin et recourbé qui trahissait la perfidie ? Ces lèvres minces qui montraient la cruauté du personnage ? Ou bien encore cette chevelure rousse, presque ardente, qui évoquait, selon de vieilles légendes, le feu de l'enfer ?

En vérité, chaque trait du visage avait été habilement travaillé de façon à faire ressortir la noirceur du sujet. Mais alors, était-ce la peintre qui avait forcé le trait ou bien le modèle était-il à ce point diabolique ?

Je trouvai les réponses à mes interrogations dans la lettre que le duc avait jointe au tableau. En voici, tel quel, le contenu :

« Cher ami,

Vous qui vous prétendez amateur d'événements curieux et surnaturels ainsi que d'objets qui s'y rattachent, vous voudrez certainement conserver ce tableau une fois que vous en connaîtrez l'étrange histoire… Je vous l'offre de bon cœur d'autant que la famille de l'auteur ne peut le garder car l'œuvre est liée trop intimement au malheur de l'artiste. Cet homme se nommait Bartimée et il serait devenu, si on le lui avait laissé le temps, un génie reconnu de la peinture après avoir été un martyr méconnu de la Révolution…

Tout commença au cours de la guerre de Vendée. Henry de Bartimée était le dernier descendant vivant d'une famille de petite noblesse du pays ; la Révolution l'avait pris de court, lui le seigneur solitaire élevé certes dans la tradition mais non dans l'aveuglement de son ordre. Les premiers mois, il s'était ainsi laissé prendre au jeu, comme beaucoup d'autres d'ailleurs, avant de se raidir sous le vent de folie qui s'abattait sur tout le pays.

Il avait vu que les idées nouvelles propageaient autant la mort des hommes que celle des valeurs ancestrales. Devant cette menace, Henry de Bartimée n'hésita pas à faire entendre sa voix avant de se rendre compte que la seule solution était de faire parler la bouche du canon face à ces enragés de la République. Qu'avait-il à perdre lui qui, à la quarantaine, n'était pas encore marié ?

Oh ! Ce n'était pourtant pas de gaîté de cœur et moins encore par goût de l'aventure qu'il s'était engagé dans le conflit. Tout cela ne correspondait pas à son tempérament. Bartimée s'était montré jusqu'alors comme un aristocrate solitaire plus éduqué dans la connaissance des arts que dans le celle de la guerre. Il était d'ailleurs connu pour cela, ce seigneur un peu excentrique qui se prenait pour un artiste. Il passait toutes ses journées dans son atelier coincé au sommet d'une tour partiellement en ruine de son manoir, ignorant la compagnie des gens de son monde comme les devoirs de son rang. Et les villageois ne voyaient sa noble carcasse quitter les murs de sa vieille demeure qu'à l'occasion de la messe dominicale. Car Bartimée était un homme pieux.

Cela lui venait sans doute de sa mère qui l'éleva, à la mort de son père, dans le réconfort des promesses qu'offre le catholicisme. Pendant longtemps, on crut que le jeune Henry allait s'engager dans les ordres mais il n'en fit rien. Il faut dire que sa situation d'héritier unique lui interdisait ce sacrifice là : il avait vocation à faire perdurer son nom par le lignage.

C'est sans doute inspiré par ce côté dévot ou plutôt mystique (au sens religieux) qu'il ne s'engagea dans les armes que lorsque d'Elbée, ce général la Providence, prit la tête de l'armée vendéenne. Notre homme, comme de nombreux soldats, conserva d'ailleurs jusqu'à sa mort un souvenir ému du vertueux général. Et si, contrairement à son cher d'Elbée, Bartimée ne perdit pas la vie dans cette guerre, il y perdit tout de même la vue…

Bartimée se montra très vite un combattant courageux et un officier respecté – deux qualités que n'auraient pas renié ses ancêtres ; surtout, il se distingua dans sa division pour se vue exceptionnelle. Personne, en effet, ne voyait aussi loin et aussi nettement que lui, ce qui lui valut de recevoir de ses compagnons d'arme le surnom de Nos quinquets. Naturellement, avec une telle particularité, il s'était accoutumé à jouer le rôle d'espion et d'éclaireur… Et Dieu sait que son talent était précieux pour les Chouans dans les combats furtifs qu'ils menaient !

Mais ce jour-là, le malheureux fut reconnu par un bleu qui devait avoir l'œil plus aiguisé. Il fut capturé et emmené dans le petit village de F*** qui avait été prit un peu plus tôt par la République.

Ligoté sur la grande place, Bartimée attendait d'être fusillé aux aurores.

Au coucher du soleil, les soldats de la République avaient reçu quartier libre pour s'enivrer sur les réserves des villageois. Ils en profitèrent, vous vous en doutez, largement : aux premières heures du soir, beaucoup étaient déjà complètement gris. Mais leur état ne saurait constituer une excuse à ce qu'allait subir leur prisonnier au cours de prochaines heures. Rien ne saurait le justifier.

Bartimée, il faut l'avouer, n'arrangea rien à sa situation. Sur son visage se peignait la fierté du sacrifice à une cause qui lui était supérieure : celle d'une France ancestrale dont la destinée confiée au Roi par Dieu lui-même impliquait une fidélité sans faille. Il était devenu un combattant royaliste prêt à remplir son devoir jusqu'au bout – quand bien même cette fin signifiât pour lui la mort.

C'est avec cet d'esprit qu'il ne cessa d'observer cette masse de républicains d'un œil noir dans lequel transparaissait sa haine de l'ennemi. Et il avait les yeux d'un vert sombre, presque gris, qui transperçaient littéralement ceux qu'ils croisaient !

L'un des républicains, plus enivré que ses compagnons et certainement plus pervers (car c'est, vous le savez, sous l'effet de l'alcool que surgissent nos pires démons) s'aperçût de son allure outrecuidante. Furieux, il s'approcha du prisonnier en vociférant qu'il allait donner « une bonne leçon à ce sale chouan ». Le vin avait libéré sa folie et pas un, dans cette meute de loups en furie, ne songea à le raisonner ! Le bleu saisi un couteau de chasse et, s'approchant du feu de camps, il y fit rougir le fer jusqu'à le rendre incandescent ; le visage déformé par un hideux rictus, il vint brandit la lame rougeoyante sous les yeux de Bartimée…

Je sais (car il me l'a confié dans une fièvre toute religieuse) qu'au dernier instant – c'est-à-dire juste avant de sentir la lame lui déchirer les globes oculaires –, son regard se détourna du bourreau pour aller se perdre dans les profondeurs de la petite église qui dominait la place. La porte était ouverte et, j'ignore comment, Bartimée réussit à contempler le fond de l'édifice, au-delà de la nuit et malgré la pénombre qui régnait à l'intérieur. Il vit là-bas une image pieuse : c'était une scène de la Passion, celle représentant notre Seigneur sur la croix. Ce fut là son ultime vision : elle se figea dans son cerveau tandis qu'une souffrance effroyable se répandait dans son œil.

Le fer brûlant venait de déchirer la cornée, il s'enfonçait au travers de l'humeur vitrée, avec la minutie sadique de celui qui tenait l'instrument. Le tortionnaire n'hésitait pas, même en entendant les hurlements de sa victime : il gardait son sourire diabolique en découvrant l'horreur de la chair béante, sanguinolente et bientôt boursoufflante.

Le dépeçage que venait d'accomplir ce barbare dans une orbite ne l'arrêta pas ; il s'apprêtait déjà à reproduire son odieux ouvrage de l'autre côté avec la même application. Cependant, à l'instant précis où l'instrument pénétra son dernier œil, Bartimée ressentit une sensation presque apaisante et surnaturelle à diriger toute son attention et toute son âme sur la figure du Christ meurtri pendant que lui-même était meurtri, comme si une communion secrète s'était établie entre les deux souffrances.

Plongé dans les ténèbres éternelles, les yeux en feu, le visage en sang, délirant et sanglotant, on le laissa ainsi pendant les très longues heures de cette très longue nuit. Souvent, la douleur était insoutenable et, à demi-conscient, il en venait à réclamer la mort mais l'image sainte s'imposait à nouveau avec plus de netteté dans sa tête et il s'en trouvait totalement apaisé, comme si son âme s'était détachée de son corps et qu'elle planait avec les anges, là-bas, là-haut, déliée de toutes les souffrances, de toutes les misères de ce monde pitoyable et de ses habitants impitoyables.

Le malheureux survécut à son calvaire : au petit matin, les chouans attaquèrent le village qui fut repris après seulement une heure de combats.

Et ensuite ? Bartimée revint finir sa vie – croyait-il – à l'ombre des murs de son vieux manoir familial, ne pouvant plus combattre et n'apprenant que comme des rumeurs les régimes politiques défiler et avec eux leur lot d'usurpateurs.

Il passa ainsi plusieurs années dans la plus complète solitude, assisté seulement d'un ou deux employés de maison, essayant – en vain – de faire taire son ardent désir de peindre. C'est une autre torture, quotidienne et morale, que celle endurée par un artiste de ne pouvoir exercer son art. Mais enfin ! Que pouvait faire un aveugle armé d'un pinceau ?

Cependant, alors que débutait la prometteuse époque de la Restauration, Bartimée retrouva un peu de joie et d'espoir : il avait, figurez-vous, rencontré une jeune femme de bonne famille d'un village voisin et s'en était amouraché. Il fut rapidement question de mariage... La célébration eut lieu quelques semaines plus tard à l'église du village.

Le mois suivant, l'incroyable se produisit. C'était un après-midi d'hiver. Henry de Bartimée écoutait la voix de sa bien-aimée qui devait lui paraître la plus exquise mélodie au monde. En l'entendant, comme il en avait prit l'habitude, il essayait de mieux l'imaginer, il tentait de visualiser son visage. Et il croyait y parvenir !

Soudain, il bondit, poussé par l'intuition qu'il pouvait peindre l'image qu'il avait en tête. La jeune épousée fut mise au courant et, docile, elle vint lui apporter son matériel d'artiste qui s'empoussiérait à l'étage. Tâtonnant mais déterminé, il prépara la toile, ses peintures et ses pinceaux puis, il demanda à la jeune femme de poser pour lui. Elle obéit.

Les heures défilèrent et la dame restait dans la position ordonnée alors qu'elle sentait la fatigue la terrasser : elle fixait passionnément son amant, sans protester sur l'impossibilité de sa tâche. Et lui continuait de peindre avec ardeur, donnant des coups de pinceaux, tantôt vifs, tantôt lents et appliqués comme s'il savait réellement ce qu'il exécutait sur la toile !

Tout à coup, il jeta son pinceau et, triomphal, proclama : « c'est terminé ». Epuisée mais aussi, sans doute, un peu incrédule, son épouse s'approcha et, au moment de poser son regard sur le tableau, elle ne put retenir un hurlement qui effraya autant le pauvre Henry que la vieille bonne qui travaillait à l'autre bout de la maison. Etait-ce un cri de terreur ou de joie ? Sans doute un peu des deux quand on sait ce qu'elle découvrit sur cette fameuse toile : un portrait, sublime et fidèle de sa propre personne!

Imaginez quel retentissement produisit un tel exploit ! La nouvelle dépassa vite les limites du modeste village pour se propager dans toute la région. Quant à Bartimée, lui qui avait connut les pires souffrances et la résignation de la solitude, il se sentait revivre : n'avait-il pas trouvé l'amour et ne venait-il pas de retrouver son art ?

Dans le village, comme d'ailleurs dans toute la campagne environnante, nombreux furent ceux qui interprétèrent cet évènement comme authentiquement miraculeux : les esprits encore pieux ont voulu y voir une grâce que Dieu avait accordé au pauvre Henry de Bartimée qui avait tant souffert. Cependant, certains individus plus sombres et plus inquiets imaginèrent déceler dans ce phénomène l'œuvre du Démon. Ces personnes-là propagèrent l'idée selon laquelle Bartimée s'adonnait désormais à la sorcellerie et qu'il avait passé un accord secret avec Belzébuth dans l'espoir de retrouver la pratique de son art. Tout ceci, vous le comprenez, était absolument ridicule pour qui connaissait suffisamment la vie et les croyances de l'homme en question.

En ville, où le matérialisme et le culte de la Raison s'étaient installés plus vite qu'à la campagne, beaucoup considérèrent cette histoire comme une vaste supercherie. On ne cessa de construire des théories invraisemblables sur la façon dont le peintre aveugle avait pu se jouer de tous jusqu'à prétendre – et il fallait être fou pour tenir de tels propos – que le vieil artiste n'était, en vérité, pas aveugle !

Fut-ce pour prouver à ces énergumènes qu'ils se fourvoyaient ? Fut-ce pour éprouver les limites du miracle ? Ou bien alors, fut-ce afin de satisfaire l'admiration teintée de dévotion que le peintre suscitait désormais chez la femme qui l'aimait tant, que Bartimée réitéra si vite l'expérience en exécutant un autre portrait ?

Le peintre prit cette fois-ci pour modèle le petit-fils de sa gouvernante. Un petit ange tout blond qui n'avait que cinq ans et qu'il n'avait donc jamais pu voir.

Je n'ai malheureusement pas pu assister à ce véritable spectacle artistique – et d'ailleurs, n'y furent seulement conviées que quelques personnalités de la région – mais notre peintre accomplit un portrait parfait et sublime de cet infant qui me rappela, lorsque je découvris plus tard la toile, le fameux tableau de Velasquez.

Bien entendu, après une telle démonstration qui provoqua autant l'engouement du public que le silence des plus sceptiques, le monde des arts s'intéressa lui aussi au bonhomme. Les mois suivant, des quatre coins de la France – expression fort mal appropriée quand on songe que l'on vit dans un hexagone ! – les critiques, collectionneurs et autres experts autoproclamés accoururent et constatèrent la pureté des œuvres de Henry de Bartimée. La gloire, la véritable gloire que bien peu d'artistes connaissent quand ils sont encore en vie, était à portée de main.

Mais il faut croire que cet homme là n'était pas destiné au bonheur, du moins sur cette terre…

Celui qui, involontairement sans doute, le précipita vers son sort fut un journaliste qui souhaitait consacrer un article au peintre. Un rendez-vous fut accordé : l'entretien dura tout un après-midi car l'artiste était un homme plutôt bavard.

Henry de Bartimée venait de raconter dans quelles circonstances il avait perdu la vue ; l'autre, sans réfléchir aux conséquences fatales que pourrait avoir une telle idée (qui lui fut, je le crois moi, soufflée par le Malin lui-même), demanda alors : « pourquoi ne pas essayer de peindre le visage de votre bourreau ? »

Telle fut, formulée mot pour mot, l'extravagante proposition du journaliste qui allait se révéler funeste. Sur l'instant, il ne sut pas quoi répondre. Il se contenta de sourire poliment et de continuer la conversation comme si cette phrase n'avait pas été prononcée. Mais le mal était déjà fait. L'idée était entrée dans sa tête : elle s'était insinuée dans son cerveau déjà trop fragile et elle ne cessa d'y croître…

Le résultat ne se fit pas attendre ; quelques jours plus tard, le journal local informa le public de la fantastique nouvelle : l'artiste Henry de Bartimée, dont tout le monde parlait déjà, s'apprêtait à peindre le portrait du soldat qui lui avait crevé les yeux ! Et cela, en public !

Bartimée fit rouvrir pour l'occasion la chapelle de son domaine, abandonnée depuis que des pilleurs, sous la Révolution, y avaient causés des dommages irréparables. Le dimanche suivant, au sortir de la messe de onze heures, plusieurs dizaines de villageois mais aussi d'étrangers vinrent s'amasser dans cette petite église dévastée.

Le peintre arriva le dernier, accompagné de sa jeune épouse. Le bandeau noir qu'il portait ce jour pour dissimuler les horribles cicatrices de sa mutilation, accentuait la pâleur ordinaire de son visage mais ses joues creusées et son amaigrissement flagrant suffirent à propager dans l'assistance une rumeur soudaine jugeant le peintre malade. Pour ma part, je me souciai plus de son état mental que de sa santé physique. Il était très nerveux et je m'inquiétais de ce qu'une telle situation pouvait engendrer sur son esprit fragile.

Bartimée se dirigea vers l'autel où l'on avait installé son matériel. Après quelques minutes passées à préparer ses instruments, il se mit au travail ; l'assistance tomba dans un profond silence. Quelle scène étrange, quand on y songe, que cette cinquantaine de pairs d'yeux tous fixés sur ce peintre qui n'en avait plus et qui esquissait déjà les traits de celui qui les avait mutilé !

L'artiste paraissait plus inspiré que jamais et je crois bien qu'il ne reposa pas une fois son pinceau de tout l'après-midi. Mais, à mesure que les heures passaient, son visage s'assombrissait et ses gestes devenaient plus fébriles. A deux reprises, son épouse vint lui demander s'il avait besoin de quelque chose mais il la repoussa avec violence et jura, ce qui la fit pleurer et sursauter le prêtre assis sur son banc.

Pour ma part, je ne regardais plus depuis longtemps la main de l'artiste qui s'agitait sur la toile, pas plus que je n'essayais d'apercevoir un quelconque trait sur le tableau : je scrutais seulement la figure de Bartimée et plus je l'observais, plus j'acquérais la certitude que l'homme s'enfonçait dans la démence !

Fus-je donc le seul à le voir ? Le public – du moins pour ceux qui n'étaient pas des proches de l'artiste – ne paraissait absolument pas s'en inquiéter. Ils regardaient, hypnotisés, le tableau qu'ils ne voyaient pourtant que de dos ! Quant aux journalistes et critiques, assis juste derrière moi, ils ne cessaient de griffonner des notes et je me demandai plus d'une fois ce qu'ils pouvaient bien analyser de leur siège.

La nuit tombait et un sourire qui ressemblait bien plus à un sinistre grimace s'était dessiné sur le visage en sueur du peintre. Nous pressentions tous que l'artiste arrivait à la phase finale de son tableau. Ce qui, il faut bien l'avouer, soulageait une bonne partie de l'assistance : je veux parler de ces badauds qui n'étaient présents que pour voir du sensationnel et qui désespéraient de ne pas en voir. Eh bien ! Ils furent servis, ces vautours là ! Car, tout à coup, un homme se leva. Il tremblait de rage et, le visage rouge, l'écume jaillissant de la bouche, il hurla à l'adresse du peintre : « assez ! Il faut en finir ! ». Personne ne comprit ce qu'il voulait ; Bartimée lui, tressaillit. L'inconnu pointa un pistolet vers le devant de la scène. Les plus vifs n'eurent le temps que de crier. Un coup de feu retentit, de la fumée sortit du canon. Devant, près de l'autel, l'artiste s'écroula.

Quelques hommes se jetèrent sur le tireur et le désarmèrent tandis que moi et quelques autres nous nous précipitâmes auprès de la victime.

L'homme baignait dans son sang. Il expirait. Il n'eut le temps que de murmurer dans un dernier râle, une phrase absurde mais qui trahissait son obsession pour son art : « il n'y manque que ma signature »…

Ma première pensée fut alors pour le tableau et tandis que l'on consolait la veuve, je m'emparai de la toile. Le portrait était achevé : c'était celui de l'homme qui, avec quelques années de plus, venait d'assassiner Henry de Bartimée !

FIN

Célébrité Express
David Baquaise

La toile trônait à présent au-dessus du meuble bas de la salle à manger, clouée au mur. À peine était-il rentré de la galerie qu'il la désassemblait de la structure en bois qui la tendait.

Il la retrouvait comme il l'avait laissée le jour de sa mort.

Dani Brone fixait le dernier tableau qu'il ait jamais peint. Douze années avaient passé depuis cette nuit-là, lorsqu'il avait décidé que disparaître tragiquement ferait de lui un artiste célèbre.

L'idée lui avait paru excellente sur le coup, mais le résultat n'avait pas été celui escompté, loin de là.

C'était comme s'il avait vraiment disparu depuis cette date. Même pour lui. Il s'était perdu.

Où son plan avait-il merdé ? Les magazines people de son adolescence s'enorgueillissaient de transformer n'importe quel inconnu pris au hasard dans la foule en une star en à peine quelques mois. Relooking, coaching, transformaient le moindre ringard en une personnalité demandée sur les plateaux de télévision et dans les autres médias.

Lui était alors artiste, peintre en devenir pour être exact. Débarqué de Nantes pour suivre les cours des Beaux-Arts, le « Dani-D'alors » – le DD, quand il ressassait ses souvenirs – s'était laissé prendre dans les toiles gluantes de la jeunesse friquée, bobo, et des soirées parisiennes. Il avait appris à connaître du monde, qui connaissait du monde, et cela avait suffi pour avoir ses entrées dans la plupart des endroits chics de la place. Sexe, drogue, alcool et bien d'autres choses encore. Le mot dépravation avait pris pour lui toute son importance durant cette période.

Et il avait adoré ça et en avait redemandé. Encore, et plus.

Ses pairs avaient bien voulu lui prêter un peu de talent et bien sûr il les avait crus, avait lâché ses études sans regret et s'était lancé comme artiste à part entière.

Il avait su trouver des soutiens, des mécènes. Surtout des femmes âgées avec de l'argent en trop et un besoin de tendresse à combler. Cela ne l'avait pas gêné, c'était donnant donnant.

Il avait peint – très peu – et avait continué à sortir – beaucoup – si bien qu'il s'était retrouvé fauché comme les blés lorsque l'attrait de la nouveauté qu'il représentait pour le milieu avait commencé à faner. De plus, ses parents lui avaient coupé les vivres dès qu'ils avaient appris sa situation, mais cela ne l'avait pas arrêté pour autant, car il avait du talent.

Qui avait dit que ce fameux talent, tant admiré par tous, suffisait à nourrir son homme ? Sans doute quelqu'un qui avait réussi à en vivre grassement. Et pas un peintre, c'était une certitude.

Tous ses souvenirs lui revenaient à présent en mémoire, comme si un verrou mental avait cédé en lui.

Le DD était impatient de devenir célèbre. Il voulait qu'on le reconnaisse dans la rue, que sa présence engendre des bousculades et des mouvements de foule, qu'on lui quémande son autographe. Par-dessus tout, il détestait passer inaperçu.

Et pendant une période cela fonctionna à merveille. Une galerie lui proposa d'exposer ses œuvres mais ce fut bref. Pour durer, il fallait se renouveler constamment, créer le buzz, ou au moins attirer le regard et faire parler de soi. Toute l'attention était bonne à prendre.

Alors le DD avait eu une idée géniale : il était un artiste maudit et il se devait de l'être jusqu'au bout : il mourrait donc jeune et dans un tragique accident.

Tragique était un mot qui sonnait bien à son oreille.

Il serait James Dean, voire Kurt Cobain. Il avait le choix. À la différence qu'il ne comptait pas vraiment mourir. Comment aurait-il pu profiter de sa célébrité à venir dans ce cas-là ?

Il voulait en être témoin, la contempler, s'en délecter. Les gens le pleureraient et ne l'en aimeraient que plus fort.

En dernier lieu, on retrouverait une toile, achevée le jour même, qui le propulserait du statut d'artiste mineur à celui de génie parti trop tôt. Son cadeau au monde. Oui, l'idée était attrayante.

Dani Brone fut déclaré mort suite à un accident de voiture qui vit sa BMW série 5 traverser le parapet d'un quai de la Seine et disparaître dans les eaux gonflées par un hiver rigoureux. Son corps ne fut pas repêché, mais la France se consola avec sa dernière œuvre. L'évènement fit les gros titres le lendemain dans les journaux et passa même au 13 h de TF1.

Quarante secondes d'images, pas si mal pour son moment de gloire.

La galerie qui avait exposé ses toiles mit sur pied un évènement spécial qui anima le milieu pendant neuf semaines consécutives , puis la vie reprit son cours. Les tableaux qui n'avaient pas trouvé acquéreur furent stockés dans la réserve, sous une bâche. Les plus appréciés partirent pour quelques centaines d'euros et on n'en parla plus.

Un moment ne comprend pas une éternité. Dani disparut de la mémoire collective et s'enfonça dans l'obscurité.

Daniel était magasinier. Il n'était ni riche ni pauvre et vivait seul depuis que, trois ans auparavant, il avait délaissé une jeune femme prénommée Christèle alors qu'elle venait d'accoucher de leur premier enfant. Une fille, dont il n'avait jamais su le prénom.

Daniel était obsédé par un peintre décédé depuis des années. Il collectionnait les articles et les photos qui parlaient de lui ou de ses œuvres. La plupart dataient d'une dizaine d'années. Lorsqu'on lui posait la question, il répondait que ce peintre avait eu autant de talent qu'un De Vinci ou un Van Gogh, mais que la mort ne lui avait pas permis de l'exposer au grand jour. Malgré cela, il méritait d'être célèbre. Regardez ses peintures !

Mais il avait beau se démener comme un beau diable, il était conscient que le nom de Brone ne signifiait plus rien pour personne, à part pour lui. Ses toiles se vendaient un peu certes, à l'occasion. Il suivait leurs pistes et les avait presque toutes localisées. Elles s'échangeaient seulement entre connaisseurs, au cœur d'un groupe restreint de collectionneurs amateurs qui désiraient s'accaparer un morceau de leur passé commun. Eux se souvenaient de l'homme, de l'artiste à ses débuts, et l'avaient apprécié dans leur jeunesse. L'hommage valait ce qu'il valait et les prix des peintures n'auraient asséché aucune bourse. Son nom se murmurait parfois au cours d'une conversation et si une personne dans l'assemblée l'avait côtoyé en chair et en os. Cela se limitait à ça. Son décès n'avait pas suffi à faire de lui une personnalité incontournable.

La veille, Daniel s'était rendu dans une galerie. Le dernier tableau de Dani Brone, celui du jour de sa disparition, était exposé parmi des dizaines d'autres artistes. Avant la vente, il avait avisé une femme d'une cinquantaine d'années qui auscultait la toile. Son intérêt évident lui réchauffa le cœur. Afin de partager avec elle son admiration, il voulut lui faire une confidence sur la genèse de l'œuvre. Il lui demanda de but en blanc ce qu'elle pensait de la présence du revolver sur le guéridon. La dame le scruta d'un air étonné puis effrayé et s'écarta de lui en resserrant son sac contre elle. Quel revolver ? Vous êtes fou, ou voyez-vous un revolver là-dedans ?

La femme disparue, il scruta à nouveau l'arme posée entre la carafe et les verres.

Il la voyait distinctement.

Daniel avait préparé cette sortie depuis longtemps et fit ce pour quoi il était venu : il s'offrit la toile. 450 euros. Vive le crédit à la consommation ! C'était le plus jour de sa vie.

Le DD avait choisi cette date pour réapparaître. On parlait de lui, on murmurait son nom, il fallait qu'il sache pourquoi.

Alors qu'il écoutait, il avait failli s'étouffer devant la somme proposée. Une de ses œuvres – SON œuvre – dernière et unique, vendue à un tel prix, quelle honte ! Quelle frustration !

Daniel était fier de son acquisition. Il ne détachait plus ses yeux de la peinture que pour secouer la tête et se débarrasser de la sueur qui troublait sa vue.

La toile lui parlait. Non pas avec des mots, mais son contenu lui rappelait sa propre histoire. Ce qu'elle lui montrait était sa vie : c'était éblouissant et clair.

La scène se voulait champêtre. Un pré banal, couvert d'herbe haute, taches verte et jaune, sous un soleil rasant. Les ombres s'étiraient vers la gauche de la toile. Des fleurs par centaines, touches multicolores qui pointaient vers le ciel clair. Un arbre aux feuilles larges et au tronc massif, au pied duquel jouait une petite fille en robe pâle, le visage caché par un chapeau rose en tissu dentelé. Daniel ne distinguait que son profil et la naissance d'un sourire, mais il savait qu'elle ressemblait beaucoup à sa mère, qu'elle avait les mêmes yeux noirs et rapprochés autour d'un nez en trompette.

Cette dernière se tenait à l'écart, plus lointaine, silhouette fantomatique qui agitait la main comme pour l'exhorter à la rejoindre.

Mais pour lui c'était trop tard et il le savait. Il les avait abandonnées, elle et leur fille. Leur fille dont il ne connaissait pas le prénom. Elle devait avoir trois ans. Il avait fui à sa naissance, car à ce moment-là il était persuadé que sa vie était autre part, qu'il était destiné à quelque chose de plus grand que devenir un père et un mari.

Il voulait être célèbre.

Le DD ne s'intéressait qu'à l'arme au premier plan. Elle l'obsédait.

Elle reposait sur le dessus du guéridon en verre. Comment cette vieille peau à la galerie ne l'avait-elle pas remarquée ?

Le soir où il avait réalisé cette peinture, il avait travaillé à la va-vite et n'avait pas pris le parti de l'originalité. L'inspiration avait été puisée dans des livres sur la peinture du XXe siècle. Un morceau par-ci, un autre par-là. Un pré, de l'herbe et des fleurs, une femme et son enfant. Il n'avait ajouté le guéridon et les couverts que pour remplir un premier plan trop vide. Il n'avait pas pris la peine de peaufiner.

L'arme s'était-elle imposée à lui à cet instant ? Le souvenir était vague et de cette nuit-là il ne se rappelait que les évènements qui avaient suivi. La toile qu'il avait déposée chez le galeriste, l'accident volontaire et sa disparition. Les hôtels miteux et les piaules sales. Le déclin. L'anonymat.

Il ne se remémorait pas vraiment avoir peint le revolver qu'il avait maintenant sous les yeux.

Daniel ruminait ses échecs et ses choix passés. Si seulement il s'était comporté autrement et avait osé… quel lâche…

Il perçut un mouvement du coin de l'œil. Il s'essuya le visage à l'aide de son avant-bras.

Sur le tableau, la petite fille agitait sa main gauche et la femme ses bras au-dessus de sa tête comme pour attirer son attention. Elles lui faisaient signe de s'approcher. Daniel quitta son fauteuil dans un crissement de cuir.

Elles ne bougeaient plus. La petite fille esquissait maintenant un sourire franc alors que le reste de ses traits demeuraient dans l'ombre de son chapeau. La femme avait la bouche ouverte comme si elle lui criait quelque chose.

Vous me pardonnez ? Daniel regarda Christèle et leur fille. Il avait devant lui la vie qu'il aurait pu avoir s'il s'était comporté en adulte, en homme. En famille, ils auraient sûrement eu l'occasion de se retrouver pour un pique-nique ou un week-end à la campagne. Par leurs gestes, Christèle et Monica – oui, Monica était son prénom, quel joli prénom ! – l'auraient convié à leurs côtés afin de partager avec lui le spectacle du monde qui se révélait à leurs yeux : les fourmis au pied de l'arbre, le parterre de coquelicots, le soleil, le ciel, les oiseaux.

Il aurait vu leurs visages.

Cela lui aurait plu. Certainement.

Sur le guéridon, il vit l'arme se déplacer, boule sombre d'abord incohérente, flasque, comme aspirée par la gravité, forme molle et dégoulinante. Elle traversa avec lenteur la toile puis se matérialisa, avant de tomber sur le meuble avec un bruit mat qui fit sursauter Daniel.

À travers leurs postures attentistes, la mère et la fille l'incitaient à ne pas reculer.

Debout devant la toile, le DD en vint à la conclusion que son plan ne valait rien depuis le départ. Il avait certes connu son moment de gloire, ses semaines de gloire, mais rien de ce qu'il avait laissé au monde ne vaudrait à son nom d'apparaître dans les pages de l'Histoire de l'Art en vingt volumes.

Et s'il reprenait ses études ? Tsss, mauvaise idée. La peinture n'avait réussi qu'à le décevoir, à tout lui prendre sans rien lui apporter, autant ne pas poursuivre dans cette voie sans issue. Il était un raté, il devait l'accepter, et le tableau lui avait porté le coup de grâce. Il l'avait peint, mais n'était pas sûr de le reconnaître. Il l'avait redécouvert d'un œil neuf et l'expérience lui avait donné envie de hurler. De peine, de peur. De si près, il était la preuve éclatante de son échec.

Il le fixa avec haine et intensité si bien que ses globes oculaires lui firent mal et que les larmes coulèrent sur ses joues.

Il connaissait cette femme et cette petite fille, non ? Il avait le sentiment de…

Non, après réflexion non. Peu importait.

Il avait achevé l'œuvre la nuit de sa mort et ironiquement, elle avait bel et bien marqué le terme de sa vie d'artiste et d'homme, alors qu'elle aurait dû en être l'apogée et signifier le début de sa notoriété.

Il ferait mieux de l'oublier, ou de la détruire.

Devant lui, la femme et l'enfant se mirent à bouger.

C'était irréel. Impossible. Et pourtant, par leur grâce et leurs mouvements, elles l'attiraient à elles. Oublier.

Il déglutit avec difficulté. Il avait la bouche sèche et râpeuse. Il lécha la sueur sur ses lèvres.

Et si rien n'était vrai, hein, finalement ? Peut-être avait-il inventé cette histoire, cette vie sans espoir, que sa mémoire lui avait joué des tours, peut-être était-il célèbre ou peut-être n'avait-il jamais peint d'arbre, de ballon, de femme et d'enfant sans noms, et peut-être n'avait-il jamais représenté de revolver sur un guéridon, revolver qu'il finirait par serrer dans la main droite, comme maintenant, et dont le canon serait glissé entre ses mâchoires entrouvertes ?

Oui, pourquoi l'aurait-il fait ?

FIN

Accouchement funeste

Hubert Vittoz

Il est des gens qui engendrent des monstres.

Il en est ainsi des artistes. Oh, ce n'est pas vraiment comme si leurs créations prenaient vie, non – qui y croirait ? En revanche, elles possèdent une telle force de suggestion qu'à leur vue, le spectateur devient le monstre de la toile, le meurtrier du clair de lune ou l'éventreur des brumes.

Cependant, sa sensibilité exacerbée expose l'artiste plus que quiconque et, parfois, il se laisse lui-même leurrer par son œuvre. Alors elle n'a plus qu'à lui porter un coup, un seul, qui il lui sera nécessairement fatal.

Regardez cet homme qui tourne en rond dans son atelier, ce peintre aux yeux déments. Jusque-là, toute son admiration portée vers les grands impressionnistes et les fauves flamboyants, il ne peignait que les couleurs, les femmes, la chaleur – la vie. C'était avant qu'il ne rencontre Eléanore, c'était aussi après qu'il la rencontre. Mais c'était avant qu'elle ne le terrasse d'un ultime et hautain rejet.

Regardez-le s'arrêter enfin devant la toile blanche qui le nargue de sa pureté. Il saisit sa palette, l'assaille de pâte épaisse et sombre. Puis il s'arme de son pinceau et il entame son grotesque accouchement. Par des gestes amples mais nerveux, qui tressaillent en projetant des gouttes de peinture rouge sombre, il commence à donner des contours à sa rancœur. Ce ne sont d'abord que quelques traits humides de gouttelettes, une esquisse infiniment légère et déjà pataude.

Un raté, a-t-elle dit. Un artiste de pacotille. Lui qui a livré son cœur tout palpitant à ses yeux de moire, lui qui a peint cent tableaux à son image, lui qui s'est dénudé le plus totalement – lui s'est vu éconduire avec mépris. Ce qu'il n'accepte pas. Sa vengeance est en marche, une vengeance lissée et aplanie à même la toile, des ratures et des barreaux sur ce visage angélique, des cornes sur ce front diaphane, une queue rose et immonde comme celle d'un rat… Voilà pour sa délicieuse silhouette ! S'en va écorner ce profil, en extirper la moindre once de beauté, salir son corps et son nom. Eléanore ? Eléane-plomb, Elé-âne-plomb, eh, laid âne-plomb ! Elle subira les affres de son arrogance.

Le voilà qui s'acharne. Ses gestes ne sont pas maîtrisés le moins du monde. Il ne fonctionne que par secousses, par traits rageurs qui façonnent une atrocité sans commune mesure. Le visage qui émerge peu à peu est déformé, avec des yeux bien trop grands. Aussitôt, la créature adresse au peintre une grimace sadique. Il lui répond par un sourire, inconscient. Et il reprend son brouillon.

Cette fois, c'est le corps que crache son pinceau décharné. Des monticules énormes de peinture tiennent lieu de seins à nuls autres pareils, qui pendouillent jusqu'aux pieds de la chose. Par des mouvements d'une adresse insigne, bien que fébrile, il donne un mouvement de balancier à ces deux masses flasques et indécentes. Dégoûté par son propre travail, il se réjouit – il veut mettre bas l'aversion elle-même, l'incarner dans la figure d'Eléanore. Et peu lui importe que la créature qu'il vomit ne lui ressemble en rien ; car elle lui succédera. Et ce sera alors à Eléanore de lui ressembler.

Il s'esclaffe en portant les premières touches aux pieds de la chose. Il la munit de sabots diaboliques, qu'il pose sur un sol de marbre. Par une saccade supplémentaire, il les fait résonner à l'infini, comme un écho obsédant qui se répercuterait de loin en loin. Satisfait, il s'éloigne de la grossière ébauche pour profiter d'une vue d'ensemble.

C'est cela. Cette aberration est la véritable Eléanore, ce qu'elle cache sous ses atours charmants et ses minauderies, sous ses roseurs pudiques et ses robes qui le sont moins, sous ses parfums musqués et ses insatiables caresses. Il n'en doute plus. Après tout, l'artiste n'est-il pas pythie ? N'est-il pas doté de prescience ? N'est-il pas, par essence, capable de déceler le fond des choses, la réalité cachée sous les voiles des sens ? Si, bien sûr. Il ne crée rien : il révèle. Et, tandis qu'il relève, il modèle. Ces traits qu'il vient de brosser seront ceux de la laide.

Vient le temps de les affiner. Il se rue sur son tableau avec une ardeur nouvelle, saupoudre la peau sale de grumeaux roses et gris. Il donne une pose lascive à l'abomination, se passe la langue sur les lèvres en imaginant le corps d'Eléanore muter en même temps, lui échapper complètement, comme si cette toile souillée représentait une effigie vaudou – ce dont il est absolument certain. Subis mon bon vouloir, ingrate ! Chaque coup de pinceau larde la face de la bête, lui cisaille la peau, lui brise les os. Les membres adoptent des positions bizarres, dessinent des angles impossibles. Sous le coup d'une inspiration soudaine, il lui ajoute une paire d'ailes atrophiées qu'il déchire avec jubilation. Il n'en reste bientôt plus que des moignons noirs de sang.

Puis il s'attaque aux deux globes proéminents qui lui servent d'yeux, où brille une malice venue du fond des âges. Il les souligne de bâtons tremblants, dépose en leur centre, avec une délicatesse presque déplacée, de petits points étincelants, terriblement réalistes. Il les étouffe ensuite sous une ombre qui semble émerger de la toile et baigner la pièce entière. Saisi d'une nouvelle intuition, il y ajoute des éclairs, et le tonnerre éclate dans l'atelier du peintre. Il hoche la tête, tandis que ses yeux renvoient la même joie que ceux de la créature. Ils échangent un regard de connivence.

Elle est magnifique de concupiscence et d'horreur. Ce visage oblique et torve, cette peau tachetée de grêle, ce buste planté de deux verrues qui oscillent comme des pendus, ces membres cassés et recassés, ces pieds de démon, cette queue de succube ! Toutefois, il n'a pas encore fini de meurtrir sa bien-aimée. De quelques jets emportés, il défèque des serpents sur le crâne chauve, où les seuls poils sont ceux que son pinceau à l'agonie délaisse à chaque heurt supplémentaire. Il ne reste plus à réaliser que l'arrière-plan, sans lequel aucun tableau ne devient un chef d'œuvre.

Pour que sa vengeance soit la plus complète, la plus violente, la plus vivace, il lui faut intégrer la créature au réel. Il doit lui ouvrir un passage vers l'âme orgueilleuse d'Eléanore et il n'a aucun droit à l'erreur. Il demeure un instant dans l'expectative, puis une idée traverse son esprit malade. Il se précipite dans un coin de son atelier, ouvre une trousse qui s'y trouve et en sort une hachette. Les yeux exorbités, un immense sourire déchirant son visage, il se lance à l'assaut. Il découpe à grands gestes désordonnés la toile pour en tirer la créature, non sans la taillader à plusieurs reprises au passage. Il frappe, ahane, s'acharne – soudain, la voilà libre. Elle tombe par terre dans un fracas terrible car, dans son enthousiasme, il a fait tomber le chevalet. Il la redresse aussitôt et l'appose au grand miroir qui trône près de l'entrée. Là, comme possédé, il attrape dans la même trousse un marteau et il se met à clouer frénétiquement la créature au miroir. De multiples impacts naissent sur la glace, qui troublent et déforment les images qu'elle renvoie. Il n'en a cure. Sa vengeance approche à pas de géant – à pas de démon. Enfin, il s'écarte et jette un œil sur son œuvre.

Elle est parfaite. Même le reflet biscornu que le miroir projette semble plus réel que la réalité elle-même. Et cette créature de cauchemar est paradoxalement terriblement crédible. Regardez donc ces seins se balancer imperceptiblement ! Voyez cette lueur perverse qui vous adresse mille promesses ! Oyez ces roulements de sabots qui crèvent le tonnerre même !

Oyez ? Le peintre arque un sourcil. Il entend effectivement un choc sourd qui se rapproche. Il se tourne vers la porte, dubitatif. Il n'a pas d'amis. Qui viendrait le troubler ? Un son inhabituel le fait tendre l'oreille. Il aurait juré entendre un bêlement, ou peut-être un hennissement, ou peut-être même un sifflement. Qui se rapproche encore. Tout près. Si près ! Il fait volte-face.

Avec une voracité sans égale, elle jaillit de sa prison de tain et lui saute à la gorge.

Cinq minutes plus tard, quelqu'un frappe à la porte. Personne ne lui répond. Il s'obstine encore plusieurs secondes, lance une ou deux invectives, puis hausse les épaules (on peut l'entendre faire) et renonce. Le bruit de pas s'éloigne.

S'il avait pu entrer, il aurait découvert le corps sans vie du peintre, recouvert par sa hideuse création

comme par un linceul. Non loin, il aurait remarqué un miroir délesté de sa glace, éparpillée pêle-mêle autour du cadavre.

S'il avait pu entrer, il n'aurait pas compris qu'en réalité l'artiste n'est pas pythie mais bien plutôt Cassandre, seul à croire à la réalité de ses toiles.

FIN

Les sentinelles de Tegenaria
Julie Conseil

Encadré par six gardiens à la mine patibulaire, j'attends mon bilan psychiatrique dans le couloir nu. Quatre jours que je passe des tests pour évaluer mon état mental. Dire que je me suis stupidement fait reprendre suite à ma dernière évasion ! Pourvu qu'on me déclare cinglé, afin d'échapper à une prison de haute sécurité d'où j'aurais du mal à me faire la belle.

L'huis métallique s'ouvre, on appelle mon matricule. Je rentre, accompagné de mes cerbères.

Un cercle gravé dans sol délimite l'endroit où je dois me tenir. Un fonctionnaire revêche trône derrière son bureau. L'homme a la peau jaunâtre et les mains dotées de griffes. Impossible que ce soit un humain pur-sang. J'ignorais qu'on acceptait les métis de troll dans l'Administration.

– Qui voilà ? demande-t-il d'une voix railleuse.

Mes geôliers me poussent au centre du rond.

– Le roi de la cavale ! poursuit le sang-mêlé. Le rapport des experts indique que vous aimeriez passer pour aliéné. Un sain d'esprit ne voudrait jamais qu'on le prenne pour un fou. Cet élément nous fait penser que vous êtes réellement dérangé. De plus, vos fréquentes évasions démontrent un refus profond de repentir et de volonté de réinsertion, ceci en totale opposition avec un raisonnement équilibré. Car enfin, votre condamnation n'était pas si lourde. Sans vos multiples évasions, vous seriez déjà libre.

Ma stratégie porte-t-elle ses fruits ? Je logerai bientôt dans un établissement de santé d'où je pourrai me tailler sans peine. Je jubile.

Les serres, qui servent de mains au bureaucrate, attrapent un sceau et le trempent dans la cire rouge. Il le lève et en tamponne violemment mon dossier, y apposant une lettre rouge fumante. D comme dément.

J'ai une inquiétude. Ne va-t-on pas m'administrer des médications qui pourraient m'embrouiller l'esprit ?

– Avez-vous des questions ? me demande-t-on.

– Vais-je recevoir un traitement ?

Ce bâtard de troll ricane, dénudant ses dents déchaussées.

– Non, notre collège d'examinateurs vous a jugé irrécupérable. Vous serez interné dans un endroit d'où nul ne s'évade, exulte-t-il. Cette mesure protégera la société de votre influence néfaste.

Aucun pénitencier n'a réussi à me retenir, satané troll. En vaisseau à turbines, à dos de calmar terrestre ou en navette à voiles, je prendrai la poudre d'escampette. Rira bien qui rira le dernier. Je penserai à toi et à ton boulot de minable quand je serai libre comme l'air.

*

Flottant dans les nuages, nous voguons en silence vers ma nouvelle geôle. Peu après notre décollage, j'ai humé l'air marin. Ma nouvelle prison se situera-t-elle sur une île ? À présent, le dirigeable fend les stratus colorés sans me donner plus d'indices sur ma destination. Le temps est serein, rien à voir avec la tempête de grêle qui se déchaînait le jour de mon arrestation. Maudite colère du ciel qui m'a empêché de repérer les forces de l'ordre ! Je porte un carcan de chêne qui décourage toute velléité de fuite. À mes côtés dans la soute, un futur compagnon d'infortune. Probablement un vrai forcené car il est ligoté dans une camisole de cuir et sa bouche disparaît sous un bâillon. Malgré cet attirail, l'infatigable individu vocifère sans arrêt.

Des questions me trottent dans la tête. À quoi ressemblera ma future cellule ? Sera-t-elle creusée dans roche ou forgée dans le métal comme les précédentes ? Y aurais-je un compagnon ? Sera-t-il humain ? Une aubaine, l'un des membres de notre escorte est bavard. Il me dit :

– Je t'explique la procédure car nous ne sommes pas près de nous revoir. Nous survolons l'asile et effectuons trois tours au-dessus de l'enceinte pour l'appel. Tous les fous doivent donner une preuve de vie en se tenant dans la cour lors de notre passage. Mon collègue les dénombre à la longue vue. Ce comptage nous permet de doser le ravitaillement. Tu as compris, pas de fou dans la cour, pas de nourriture ni d'eau.

J'acquiesce.

Il me montre deux paquetages.

– Tu as droit à un matelas et un sac de couchage, le deuxième paquet est pour ton collègue en camisole. Les températures sont toujours clémentes mais c'est plus confortable pour la nuit.

– Le personnel se compose-t-il uniquement d'infirmiers et de médecins ou aussi de gardiens en armes ?

J'entends savoir s'il y a moyen de les soudoyer.

Mon interlocuteur me fixe, surpris.

– Aucun gardien, juste des gardiennes.

– Intéressant, dis-je, imaginant une sainte-nitouche en costume d'infirmière.

– Elles ne sont pas humaines et ne connaissent pas la pitié. Pourquoi crois-tu que nous acheminions les détraqués en ballon à pales ? Pour éviter de traverser leur territoire par la terre. Il paraît qu'une navette de ravitaillement a fait naufrage il y a quelques années. On n'a jamais revu personne.

J'enregistre ces informations. Épave signifie matériel utile en cas de fuite et possibilité d'assembler un radeau de fortune s'il faut traverser les flots. Quelles peuvent être ces mystérieuses créatures ? Des amazones ou des hydres ? J'ai entendu parler de leur cruauté. Le garde ne semble pas vouloir en révéler plus.

Une assourdissante corne de brume fait résonner son tintamarre, annonçant l'arrivée des provisions aux résidents de l'asile. Le collègue du surveillant qui m'a fait la causette se lève, une lorgnette à la main.

– Combien de déviants, aujourd'hui ? demande-t-il, blasé.

Un fonctionnaire déverrouille les lanières de lin d'une trappe. Il sangle des colis à des parachutes puis les balance un à un dans le vide.

– Pas de vent, conditions favorables, marmonne-t-il.

Il agrippe l'autre détenu qui se démène comme un beau diable et l'accroche à une corolle avant de le jeter par la trappe. Mon tour arrive. Les suspentes sont arrimées à même mon carcan et un garde me donne un coup de pied dans les reins en criant :

– Bien le bonjour aux toqués de Tegenaria.

Je tombe dans le vide. J'en profite pour étudier l'environnement de tous mes yeux. La seule construction en vue ne ressemble guère à un hôpital psychiatrique. Ce colossal édifice en pierre grise possède une cour centrale où je distingue de petites silhouettes. La cour est entourée de dépendances et de tours, formant une enceinte close. L'ensemble s'apparente à un château fort. Ceinturant le tout, une aire sablée circulaire joue le rôle des douves.

Les tours doivent servir de miradors et les sables, peut-être mouvants, piègent les fuyards. Ce domaine a dû être le fief d'une noble famille ou d'un clan de sorciers éteint. L'Administration en aura hérité et l'aura converti en maison de fous.

Les silhouettes grossissent à vue d'œil. Je dispose encore de quelques secondes pour détailler le décor au-delà du sable. Ce n'est que blanc cotonneux à l'infini. L'asile se dresse comme un phare au milieu d'une mer de lait. Nul arbre, nulle bâtisse, que ce tapis de talc à perte de vue.

Le sol se rapproche à toute vitesse et je m'écrase au milieu des ballots largués avant moi. Les premiers sons qui frappent mes oreilles sont les cris de mon compagnon de vol que son parachutage n'a pas calmé.

Lions connaissance avec nos codétenus. Je souhaite tirer parti de clans éventuels. Mais d'abord, profil bas afin que l'on m'ôte mon carcan.

Plusieurs hommes barbus et lents nous examinent. D'autres besognent en silence, déballant les denrées. L'un d'eux, avec des tresses dans la barbe paraît mener les autres. Boitant bas, il se déplace avec une canne. Il nous dévisage.

– Laissons la camisole au désespéré. Quant à celui-ci… ajoute-t-il en me jaugeant.

– Moi, je suis raisonnable, dis-je en me redressant.

Un petit être, derrière l'homme à la canne, s'esclaffe. Son rire rappelle une charnière qui grince. Bien qu'il se tienne debout, ses doigts touchent le sol, il a un menton et des oreilles pointues, trois poils sur le caillou. Serait-ce un croisement de gnome et de singe ? On lui donnerait volontiers un coup de pied pour l'envoyer bouler s'il ne portait un kukri de silex à la ceinture. Laisse-t-on les fous porter des armes, ici ?

– Tu as l'air bien portant, dit le premier à s'être exprimé. Nous avons besoin de bras agiles pour défendre le fort.

– Je suis votre homme, dis-je, soucieux de montrer patte blanche.

Défendre le fort ? Pas de doute, nous voilà chez les malades et ce spécimen semble gratiné !

Quelqu'un de sa suite vient dévisser ma cangue. Un kukri en pierre garnit également le ceinturon de ce nouveau venu. Diantre, où suis-je tombé ? Je risque une question.

– Où officient les médecins ?

Le gnome pouffe de rire en sautillant. Mon carcan se desserre et dégringole à mes pieds. Quel soulagement ! J'en oublie presque ce ricanement abominable qui me blesse les oreilles.

– Nulle part, personne ne nous soigne, me dit la barbe tressée.

Je veux parler mais il me coupe la parole.

– Nous n'employons pas de nom, ici. On m'appelle le Chef.

Il désigne le nabot.

– Lui se nomme le Macaque. Et là-bas, c'est l'Épicier.

Je regarde un échalas qui s'affaire parmi les provisions. Entre chacun de ses mouvements, il bat des mains et fait un salut militaire.

– Ne perdons pas de temps, dit le Chef. À cause du ravitaillement, nous n'avons pas contrôlé les contreforts, il faut supprimer les fils avant la nuit. Aujourd'hui, tu vas regarder, plus tard, tu nous aideras.

J'opine du chef. On ne contrarie pas un timbré, surtout quand il commande. Puisqu'aucune équipe d'encadrement ne nous surveille, je peux poser mes questions à l'aise.

– Y a-t-il souvent des évasions ?

Le nain glousse de rire. Comment ne lui a-t-on pas encore tordu le cou ?

– Non, répond laconiquement le Chef en montant un escalier de pierre, suivi d'une demi-douzaine de sbires à machette recourbée.

– Il se produit bien des tentatives ?

– Jamais personne n'a tenté de s'évader de Tegenaria.

Je suis abasourdi. Ce type déraille ferme. Les vigiles brillent par leur absence et ils restent tous plantés là, les ramollis du cerveau !

Sur ces entrefaites, nous atteignons le chemin de ronde. Çà et là, gisent des rouleaux de corde artisanale faite de macramé de draps et de vieilles courroies de parachute recyclées. Chic, la moitié du matériel de ma prochaine évasion est déjà préparé !

Le Chef se penche au créneau et me montre un câble blanchâtre, gros comme mon bras, amarré à une pierre du mur. Le câble passe au-dessus de l'étendue sablée et se perd dans le duvet laiteux que j'ai observé lors de ma descente.

– Le Macaque va te montrer le travail.

Le gnome saute avec une agilité incroyable et se retrouve à califourchon sur les remparts. Il entreprend de scier l'imposant cordon avec son coupe-coupe. La consistance de cette étrange amarre est fibreuse et le Macaque met un quart d'heure pour en venir à bout. Quand il a fini de le cisailler, le fil disparaît dans le coton à une vitesse hallucinante comme un gigantesque élastique qui se détend.

Le gnome laisse glisser un macramé le long des murailles en prenant soin d'éviter de toucher les tubes blancs. Ensuite, à la force des poignets, il descend par cette corde bricolée pour décramponner les autres fils. Ses camarades désaxés font de même. Le Chef vaque, arpentant les remparts, haranguant les alpinistes.

Tout à coup, un cri d'épouvante retentit. Aussitôt, le Chef dit au Macaque qui vient d'escalader le parapet :

– Amène le désespéré d'aujourd'hui.

Nous accourons près d'un attroupement. Un gamin échevelé a chuté sur le sable et, en gesticulant pour remonter, sa corde improvisée a touché une fibre blanche lui induisant de légères vibrations. Le jeune homme s'égosille mais nous ne percevons qu'un murmure tant le magma immaculé assourdit les sons. Terrorisé, il tape des poings sur la paroi pour qu'on le remonte. Sa corde, collée au cordage laiteux, est inutilisable. Mais pourquoi veut-il revenir ?

Pris d'angoisse, certains déséquilibrés s'enfuient se terrer dans les dépendances. Le Macaque revient, traînant mon collègue à même le sol. Il se débat toujours. Le Chef lui assène un coup du pommeau de sa canne sur le crâne.

– Récupère la camisole, dit-il à l'avorton.

Le Chef va ensuite dérouler une autre ficelle et, se penchant aux remparts, fait comprendre au fou tombé qu'il doit s'éloigner vers une zone dépourvue de fil pour remonter.

J'entends un tambourinement suivi d'une inquiétante stridulation.

– Elles arrivent ! hurle quelqu'un.

Qui cela ? La stridulation reprend de plus belle, me déchirant les tympans. Sauve-qui-peut général autour de nous. Seuls demeurent le Chef et le Macaque. Celui-ci a enroulé des linges tressés autour du cou du fou assommé et le descend vers le sable sans autre forme de procès.

– Vise bien le fil, dit le Chef, qu'il reste collé dessus. Elle arrivera avant que j'aie hissé l'Épouvantail. Il faut que la diversion soit prête.

Ce disant, il s'emploie à haler le jeune garçon.

Soudain la stridulation s'arrête et je découvre une de nos gardiennes. Mon corps se couvre immédiatement d'une transpiration glacée, mon cœur bat la chamade. Cette horreur ambulante à huit pattes réveille une phobie ancestrale, vieille de dix générations, ancrée dans mon subconscient. Armée de plusieurs paires d'yeux gros comme des melons noirs elle avance sur son fil comme un funambule.

Arrivée au mur, elle se précipite sur le corps englué dans son piège et ses nombreuses pattes se jouent de lui comme un fil de son diabolo. En dix secondes, ce qui était un homme se transforme en cocon et la bête poilue recule de quelques dizaines de mètres, emportant son trésor coincé entre ses chélicères.

Calme plat sur les fortifications. Le Chef et le Macaque remontent silencieusement l'abruti qui, une fois en sûreté, détale à quatre pattes, s'écorchant les genoux.

Accroupi, je vomis mes tripes. Jamais je ne pourrai m'évader par là. J'en mourrais. Je suffoque de peur. Le Chef me donne un coup de canne dans les pieds.

– Du cran !

Je râle, agité de puissants tremblements.

– Tous les bras valides doivent coopérer. Si nous ne coupons pas les fils, elles tisseront des toiles et pénétreront dans la cour. Avant, je les détachais moi-même, mais un coup de vent m'a poussé sur un fil. Mon pied s'est collé dessus. Nous n'avions pas d'appât alors, et je ne dois mon salut qu'à m'être amputé la jambe. Heureusement, une substance antiseptique enduit ces tendeurs, sinon j'aurais succombé à la gangrène.

D'affreux borborygmes poignardent mes pauvres oreilles.

– Zut, il n'était pas mort, dit le Chef tandis que le Macaque hausse les épaules. On patientera jusqu'à ce qu'elle reparte pour trancher le fil sinon c'est trop périlleux. J'espère qu'elle a faim et que cela ne durera pas trop longtemps.

Je me sens idiot de demander :
– Mais pourquoi veulent-elles entrer dans le castel ?
– Pour nous manger, pardi ! J'ai aussi une autre explication. Les escaliers et les passages sont larges et bas. Je crois qu'à l'origine, au moins une partie d'entre elles habitaient dans la forteresse avec leurs maîtres. Probablement souhaitent-elles reprendre possession de la place.

Prostré, dos au mur, les paumes sur les oreilles, je ne mesure plus le temps qui passe. Je ne veux plus regarder. Ce bruit atroce ne s'atténue pas. Le rire du Macaque passe encore, les stridulations des horribles gardiennes, soit, mais le pire, l'insoutenable, ce sont les hurlements de l'occupant du cocon. J'interroge le chef :
– Ne va-t-elle pas le tuer ou le découper pour le dévorer ?
– Non. Elles ne mangent pas, elles boivent. Elle doit d'abord le liquéfier pour pouvoir l'avaler. En ce moment, elle l'asperge de suc digestif. Pas de chance, elle n'a pas commencé par la tête. On raconte que ce liquide brûle comme du vitriol.

Vais-je survivre à ce cauchemar ? J'ai la chair de poule à l'idée d'affronter ces monstres à carapace velue.

Je balbutie :
– Sur quelle distance s'étend le territoire de ces êtres infâmes ?
– Comment le saurions-nous ? Tu serais le premier à essayer de le mesurer. J'imagine qu'elles tendent des fils jusqu'à l'océan.

Mais le pape de l'évasion qui sommeille en moi n'a pas dit son dernier mot. Je suis arrivé par les cieux, je plierai bagage par les cieux.
– Comment rapatrient-ils les détenus qui ont purgé leur peine ? Tendent-ils des échelles de corde depuis un dirigeable ou se posent-ils dans la cour ?

La cage thoracique du Macaque manque d'exploser tant il rit. Il se roule sur le sol et quand il se calme enfin, il reste sur le dos tapant des pieds par terre, secoué par un dernier hoquet. J'ai compris que cette pénible mouette rieuse était acceptée grâce à son efficacité au tronçonnage des fils.
– Qu'y a-t-il de si drôle ?
– Tu n'es vraiment pas au parfum, l'Évadé. Nous sommes tous là à perpétuité.

FIN

Here I stand and face the rain
Frédéric Gaillard

De ses doigts noueux, le veilleur de nuit pianota le code de l'alarme. De l'autre côté de la lourde porte, les faisceaux laser se réactivèrent, quadrillant le musée, guettant le moindre mouvement, chiens de garde futuristes d'un lieu éternellement dédié au passé.

Il regagna son poste. Ce soir, Välerenga recevait le Rosenborg Ballklub de Trondheim, et Oslo menait deux buts à rien en début de deuxième période. Il regardait le match sur l'un de ses trois écrans de contrôle, les deux autres montrant alternativement sous plusieurs angles les différentes salles du musée.

Soudain, par-dessus les hurlements des spectateurs, un craquement jaillit des haut-parleurs au moment où le ballon sortait en touche, pour cesser aussitôt. Le veilleur vérifia ses écrans sans rien remarquer d'anormal, puis son esprit retourna dribbler les joueurs sur la pelouse.

Ce qui était bien avec le câble, c'est qu'il y avait *toujours* un match.

Au même instant, dans la grande salle du musée plongée dans le noir, la silhouette d'un jeune homme aux traits flous, vêtu d'un manteau noir, s'arracha d'un tableau dans un craquement rappelant le bruit que fait un drap qui se déchire. Un hurlement traversa l'univers, jailli de ses propres lèvres, que lui seul entendit. Il tomba à genoux, mains plaquées sur les oreilles, totalement dévasté, anéanti par son propre cri.

La toile et la peinture étaient intactes. Etrangement, seul le vernis en était déchiré et un courant d'air glacial pénétra dans la salle par la fissure dont les lèvres faseyaient au vent.

Sous le cadre, une pancarte indiquait en lettres capitales :
Skrik - 1893

Du tableau, un sentier sur la colline d'Ekeberg bordant le fjord d'Oslo, provenaient des bruits : le hennissement d'un cheval, un fiacre qui s'éloignait sur les pavés, l'aboiement d'un chien en chaleur.

Soudain les personnages de la toile s'animèrent : des promeneurs aux habits d'une autre époque s'approchèrent du bord du cadre, inquiets, devisant à voix basse. Derrière eux, dans un soleil couchant d'un rouge flamboyant, de longues langues de feu orangées traversaient le ciel couleur sang, au-dessus du fjord bleu-noir.

La brèche dans le tableau aspirait l'air vers l'extérieur de la toile en sifflant violemment. L'odeur saline de la mer proche s'engouffrait en rafales dans le musée. Dans le cadre, une femme, au bord de l'asphyxie, porta les mains à sa gorge, tentant désespérément d'y faire pénétrer de l'air. Elle fut bientôt soutenue par deux hommes, un grand personnage mince à haut de forme et un plus petit portant melon et redingote. Les trois personnages ouvrirent des yeux terrorisés en voyant se refermer l'espace devant eux. La déchirure disparut subitement, les figeant dans cette position, ramenant le silence dans la salle du musée.

Haletant, l'homme plaqua ses mains au sol. Des coups sourds martelaient ses tempes et sa bouche était remplie d'un goût métallique.

Il se releva, laissant sur le carrelage deux belles empreintes de mains, et avança à tâtons, en titubant, nauséeux, sans un regard aux toiles exposées autour de lui. Sans un regard en arrière. Dans sa dérive, il bouscula un socle. La statuette, une copie dont l'original dormait dans la chambre forte, explosa au sol, déclenchant en coupant le rayon invisible une sonnerie stridente qui lui vrilla les tympans, résonnant jusqu'au fond de son être. Il distingua une lumière verte au-dessus d'une large porte, île déserte dans cet océan d'obscurité, et s'y dirigea.

Les personnages du tableau devant lequel il passa en chancelant, des badauds qui descendaient l'avenue Karl Johann, l'appelèrent sans qu'il les entendît et se figèrent à nouveau, en grimaçant d'effroi, dans leur éternité vernie.

Pour capter son attention, une madone sertie dans un cadre doré s'arracha de ses prières, alla même jusqu'à passer sa bure par-dessus elle, exposant à l'homme, en une pieuse offrande, la blafarde nudité d'une virginité spectrale. En vain : l'immobilité la reprit, gravant à jamais une moue réprobatrice sur son visage sacré auréolé de carmin et la laissant dans cette coupable position.

Les mains plaquées sur les oreilles, l'homme percuta l'issue de secours, laissant sur le battant une belle trace noire, et se retrouva enfin à l'air libre, courant pour s'éloigner de l'alarme qui lui vrillait le crâne.

Quand le gardien fit le tour des salles avec les policiers cinq minutes plus tard, il ne remarqua pas les subtiles métamorphoses des différents tableaux. Ses compétences en art se limitaient au triptyque scotché à l'intérieur de la porte de son casier, dont l'exemplaire de ce mois-ci aurait fait bander n'importe laquelle des statues antiques, pourtant de marbre, du musée. Les inspecteurs, qui n'étaient pas non plus des experts en peinture expressionniste, se bornèrent à compter les toiles. Comme aucune ne manquait et que les caméras ne montraient rien de suspect, ils signalèrent la fausse alerte au Central. Le veilleur avait brisé une sculpture lors d'une de ses rondes, qu'il s'en débrouille avec ses supérieurs !

Dehors, encore sonné, le jeune homme dévala une rue dont certains bâtiments lui étaient familiers. L'architecture, pourtant, était différente de ses souvenirs, d'un style qu'il n'avait jamais vu. Il lui fallut quelques minutes pour reconnaître l'avenue Karl Johann. Des maisons avaient poussé, qui n'existaient pas avant. D'autres avaient disparu. Qu'était-il arrivé à Christiania, sa ville ? Que lui était-il arrivé, à lui ?

Des réverbères distillaient à intervalles réguliers une clarté laiteuse que le jeune homme trouva réconfortante. Il s'enfonça dans une ruelle. Là, les yeux clos, dissimulé dans l'ombre entre deux poubelles, il vomit par terre un flot de couleurs.

Se relevant, il rouvrit les yeux, aspirant à pleins poumons, tentant de chasser la nausée qui l'habitait. L'air moite exhalait des senteurs de trépas. Il n'y avait pas de vent, et le couvercle bas des nuages retenait les gaz d'échappement des voitures près du macadam. Des vapeurs d'essence le prirent à la gorge, violant ses poumons. Assailli par une brutale quinte de toux, il vomit à nouveau.

Des images remontèrent à sa mémoire en vagues angoissantes : la promenade au bord du fjord avec Edvard, son jeune ami peintre, dans l'air frais du soir. Leurs éclats de rire. Edvard, à quelques mètres devant lui, formant un cadre des pouces et des index de ses deux mains. L'observant à travers, comme s'il le visait. Puis le peintre avait fait un clin d'œil. Et tout s'était arrêté.

Le jeune homme s'était brusquement senti ankylosé. Ses membres refusaient de bouger, comme pris dans un vernis, une fine gangue de colle qui durcissait, pénétrant ses yeux, ses oreilles, ses lèvres, ses poumons. Son cerveau. Une douleur intense, qui lui arracha un long cri, suivi du rire cristallin d'Edvard. Et une brève et violente sensation d'asphyxie. Ensuite plus rien jusqu'à ce brusque réveil dans cet endroit inconnu, rempli de tableaux et de sculptures. La peur. L'incompréhension.

Sur un panneau, il reconnut la silhouette familière du fjord et les artères principales de la ville. Mais le plan n'indiquait pas Christiania, mais Oslo.

Pendant des heures il erra sans comprendre, cherchant des repères dans des rues qui n'étaient plus les mêmes, qui n'étaient plus les siennes depuis longtemps.

Une vitrine lui renvoya son image et son cerveau lui signala immédiatement l'incongruité que son œil avait captée. Il se regarda un moment dans la vitre avant de comprendre ce qui n'allait pas :

Sa tête d'abord. Une vraie face de déterré. Plus encore, les traits de son visage étaient indistincts, comme étalés à la spatule, et son reflet le fixait de ses orbites immenses et vides.

Son corps ensuite. De face, tout était normal, mais de profil, sa silhouette n'était pas plus épaisse qu'un trait de fusain, une virgule.

Ses yeux, son cerveau, sans doute les deux ensemble, lui jouaient des tours. Songeant à un effet d'optique, un de ces miroirs déformants de fête foraine, il chercha son regard dans une autre surface et se pencha au-dessus d'une flaque d'eau. L'illusion persista.

Il ne se voyait plus qu'en deux dimensions là où il aurait dû en voir trois.

— *Je deviens fou…*

Complètement désorienté, il fit trois pas en arrière, chancela, et s'affala sur la route.

Le rugissement terrifiant de ce qu'il prit d'abord pour un fauve le paralysa. Il ne vit de la voiture que les deux yeux devant, éblouissants, qui grossissaient démesurément. Aveuglé, incapable de réagir, il fut catapulté par l'obus de métal, dont il raya à peine la carrosserie. Le conducteur du bolide, lui, ne le remarqua même pas et poursuivit sa route, l'album d'un tout nouveau groupe, A-Ha, à plein volume sur ses enceintes.

De la vitre ouverte s'échappait une musique étrange, qui couvrait le bruit du moteur. L'infortuné jeune homme distingua quelques mots d'anglais tandis que la voiture tournait un peu plus loin :

… Here I Stand and Face the Rain…

Projeté par l'impact, le malheureux vola sur plusieurs mètres et atterrit sur la chaussée. Avant de perdre connaissance, une folle pensée effleura son esprit :

— *Mon Dieu, un chariot sans cheval !*

Durant le temps qu'il resta inconscient, d'autres souvenirs flashèrent sa mémoire. Des fragments de sa vie, mais aussi des visions des années écoulées depuis sa fatale promenade : Edvard, l'œil hagard, qui le lardait de peinture, à petits gestes de pinceau nerveux, douloureux comme autant de coups de canifs, un rire dément aux lèvres. Des inconnus qui se pressaient devant lui, prolixes de commentaires qu'il n'arrivait pas à saisir. Peu à peu, les costumes, les coiffures des gens avaient changé. Combien d'années cela avait-il duré ? Ses efforts vains pour se libérer de sa paralysie, le lent défilé des badauds dont pas un ne se doutait, dont pas un n'entendait ses appels, ses cris…

A son réveil, une douleur avait envahi sa poitrine. La nuit le drapait toujours de son manteau d'obscurité. Se tâtant le côté, il ramena sous ses doigts un liquide chaud et poisseux.

— *Je vais me vider de mon sang maintenant, sur la route, et personne ne va m'aider.*

La peur s'empara de tout son être.

Il rampa vers le trottoir, appelant à l'aide, mais le silence ouaté étouffa ses gémissements désespérés. Le ciel se chargeait en électricité. A la lueur d'un éclair, il contempla ses mains meurtries, ensanglantées. Sa peau partait en lambeaux, se brisait en écailles de couleurs.

Il porta ses doigts à sa bouche mais au lieu du goût du sang il mit du temps à reconnaître celui de la peinture.

Sang ou peinture, aucune importance. Il en perdait des litres. Sa vie s'écoulait de ses plaies en couleurs éclatantes, flots tour à tour carmins, vermillons, pourpres.

Son habit aussi se décomposait, sa couleur sombre se diluant, laissant apparaître en dessous des tons de plus en plus clairs, de plus en plus chauds. Le jeune homme, quant à lui, avait chaque seconde un peu plus froid.

Il se remit debout en s'agrippant au lierre d'un mur et vit qu'il se trouvait devant un cimetière. Le portail était légèrement entr'ouvert. Faisant grincer les gonds de la grille rouillée, il entra en boitillant, espérant trouver le repos dans ce lieu consacré.

Mais aussitôt qu'il s'avança dans l'allée centrale, il mit un genou à terre, la respiration coupée comme par un uppercut.

De la sépulture la plus proche, un tombeau de marbre aux lèvres scellées, s'élevait une langue de ténèbres, plus noire que la nuit. Elle s'avança vers lui en ondulant, comme consciente de sa présence. Son extrémité l'atteignit et enserra son bras de la poigne ferme de quelqu'un en colère. La douleur le tira de la torpeur dans laquelle il s'abandonnait et il retira son poignet d'un geste vif, mais l'ectoplasme, mordant sa chair, avait laissé sur sa peau un bracelet sombre.

Plus loin, une large écharpe d'obscurité s'échappait des grilles d'un mausolée de granit, ceignant de sa noirceur les branches des crucifix surplombant les stèles voisines.

De plusieurs autres caveaux s'élevaient des sangsues de brume opaque, des vagues charbonneuses qui tourbillonnaient et s'entremêlaient en un ballet désordonné, cherchant à atteindre le jeune homme.

La pluie vint, d'abord légère puis insistante, douloureuse. Les serpents de ténèbres se dissipèrent, hachés par l'averse.

Il se releva avec peine et avança en chancelant, son esprit brusquement assailli par un douloureux brouhaha, mélange de sanglots murmurés, à peine audibles, de lamentations résignées et de hurlements rageurs. Autour de lui, sous les dalles de pierre délabrées, sous les sépultures de terre envahies d'orties et de ronces, oubliées des mortels, il percevait maintenant les clameurs désespérées des habitants des lieux, insatisfaits d'avoir été enlevés à ce monde sans avoir achevé ce qu'ils y avaient entrepris. Des dizaines d'âmes s'arcboutaient à leurs plafonds de marbre ou de terre meuble, luttant depuis des années pour s'évader de leur prison d'éternité, tentant vainement d'attirer l'attention de quiconque arpentait ce lieu.

Leur désespoir lui brisa le cœur. Il était comme ces âmes captives. Il les comprenait : il avait poussé les mêmes cris durant une éternité, subi le long défilé des mortels qui ne pouvaient ni l'entendre ni le secourir, lutté contre le vernis qui recouvrait sa toile jusqu'à ce qu'il cède ou qu'il devienne fou. Le vernis avait cédé.

Il avançait au hasard entre les pierres tombales. L'hémorragie colorée qu'il laissait derrière lui, camaïeu d'ocre, de turquoise et d'émeraude mélangées, était absorbée goutte après goutte par le bitume sale de l'allée, comme si dans cet espace la couleur n'avait pas lieu d'être.

Même la lune, qui irradiait encore la scène de ses ors bienveillants l'instant précédent, fuyait maintenant le petit cimetière, cachée derrière un épais nuage noir.

Sur une petite tombe récemment creusée parée de fleurs fraîches de laquelle montaient des vagissements déchirants, une inscription le bouleversa :

A notre chère Anja-1985.

Cent ans. Il s'était écoulé un siècle.

Parcourant les allées d'une démarche mal assurée, errant entre les tombeaux tel le zombi qu'il était devenu, il s'arrêta en tremblant devant une stèle :

Edvard Munch
12/12 1863 – 23/01 1944

Son instinct l'avait mystérieusement mené en ces lieux, mais il arrivait trop tard. L'homme qui l'avait peint reposait sous la pierre depuis des années et ne lui rendrait jamais sa vie perdue. La vie qu'il lui avait volée. Edvard avait fait de lui, aux yeux du monde, un être en deux dimensions, figé dans un cri pour l'éternité. Trop de temps s'était écoulé avant qu'il puisse se libérer de sa prison vernie. Cette prison qui l'avait rendu immortel mais dont, maintenant qu'il s'en était évadé, il regrettait amèrement les barreaux.

Il eût beau appeler, supplier, tendre l'oreille, il n'obtint aucune réponse de son ancien ami. La sépulture resta muette. Nulle aura ne s'échappait des interstices du marbre gris. L'âme du peintre s'en était allée sans un remords.

Il adressa au ciel une ultime prière et se laissa glisser sur la tombe, vulnérable, envahi de regrets, d'images de sa vie passée. Il essuya de sa manche des sanglots longs de près d'un siècle.

Sa vue se brouillait, larmes de peinture mêlées de pluie. Ses joues humides se décomposaient, ruisselant en rubans multicolores sur la tombe grise et austère. Enfin, dans un ultime et déchirant effort, il se redressa.

Il se tint là, debout, faisant face à la pluie battante qui emportait peu à peu l'homme qu'il avait été, et ne fut bientôt plus qu'une flaque de peinture s'écoulant entre les pavés du cimetière.

FIN

Le dernier cinéma sur la gauche

Nicolas Handfield

Le mardi après le travail, Martin s'installe devant son ordinateur et fait le tour des nombreux sites de rencontres auxquels il est inscrit. Bière à la main, il chasse pour le reste de la semaine. S'il s'est fait un devoir de garder les plus belles filles pour ses vendredis, il baisse ses critères de sélection pour ses sorties du mercredi.

Cette Cindy, qui n'arrête pas de lui envoyer des messages depuis quelques jours, est parfaite. Ce n'est pas un pétard, mais elle n'est pas laide non plus. Elle est blonde, plantureuse et son énorme poitrine est inspirante.

Martin lui envoie un bref courriel pour l'inviter au cinéma. Deux minutes plus tard, Cindy écrit « oui je le veux » suivi d'un smiley face qui confirme son côté bon enfant.

****

Lorsque Martin se pointe devant les portes du cinéma, Cindy est déjà là, toute frétillante dans sa petite robe décolletée, presque indécente pour un soir de semaine.

Les deux se saluent, un peu gênés.

– C'est la première fois que je viens ici, lance Cindy. J'ai eu un peu de difficulté à trouver l'endroit.

– Moi aussi. J'ai gagné des billets sur Internet. À vrai dire, je sais même pas c'est quoi le film, répond Martin en riant.

Si la marquise brille de tous ses feux et annonce en grande pompe des classiques tels que The Virgin Spring et Le Cabinet du Dr Caligari, une fois à l'intérieur, force est de constater que les lieux déçoivent. Le tapis, élimé par le temps et les pas des clients, dégage une odeur de vieilles bottes d'hiver; la peinture s'écaille des murs et les tuyaux fuient. Une chose est sûre, on est loin du multiplex de banlieue.

Martin et Cindy entrent dans la salle pour s'apercevoir que le film est déjà commencé.

Le petit couple prend place à quelques rangées de l'écran – un écran de fortune qui est en fait, une vieille toile blanche tachée et trouée. La toile gondole au centre créant un drôle d'effet sur l'image, changeant quelque peu la morphologie des acteurs. La majorité des bancs sont déchirés et dans certaines rangées, de vulgaires chaises en plastique ont remplacé les sièges disparus. Une odeur nauséabonde règne dans toute la salle. Les effluves proviennent sans doute du sans-abri qui dort dans la première rangée, ses nombreux sacs de plastique tout autour de lui.

– Un film en noir et blanc? se plaint Martin. Je savais pas qu'on était en 1940!

Cindy rigole. Un spectateur derrière eux leur fait signe de se taire.

– Avec des sous-titres en plus! My god je comprends maintenant pourquoi ils les donnent leurs billets.

Cindy apprécie l'humour de son valeureux chevalier pendant que les rares spectateurs commencent à soupirer leur mécontentement à l'égard du jeune couple.

– Excusez-moi monsieur.

Martin se tourne. Un grand échalas de plus de six pieds se penche vers lui. Son visage émacié donne l'impression que ses yeux vont lui sortir du crâne à tout moment. Une plaquette épinglée à son veston indique qu'il est le gérant de l'établissement.

– Quoi? Qu'est-ce que tu veux?, répond bêtement Martin.

– Veuillez me suivre s.v.p., chuchote le gérant.

Martin jette un regard à Cindy.

– J'reviens, lance-t-il avant de quitter son siège.
Une fois dans le lobby, Martin se braque devant l'échalas.
– Bon, c'est quoi le problème?
– Vous ne semblez pas apprécier notre film. Il serait préférable que vous quittiez la salle plutôt que de déranger les spectateurs.
– Les spectateurs? On n'est même pas dix dans la salle! Pis y a même un clochard qui dort dans la première rangée!
– Nous pouvons vous rembourser les billets, soupire le gérant.
– Je reste, rétorque Martin avec frondeur. Je les ai gagnés mes billets de toute façon.
L'air du gérant change complètement.
– Ah, vous êtes notre gagnant! Je ne vous avais pas reconnu.
Tout sourire, l'échalas passe derrière le comptoir à friandises.
– Vous avez participé à notre concours sur le site de rencontres, c'est bien ça?
– Euh… Oui, répond Martin.
Le gérant organise le concours deux fois par année et rien n'est laissé au hasard. Il sélectionne lui-même les gagnants en fonction de leur profil apparaissant sur le site de rencontres. Martin a été choisi parce qu'il indiquait être un vrai cinéphile qui ne jure que par les films de Micheal Bay et les comédies d'Adam Sandler.
Le gérant tend à Martin un plein sac de pop-corn et un grand verre de liqueur.
– Tenez. C'est pour vous et votre copine.
– Euh... Merci. Bon, je peux retourner voir le film?
– Bien sûr, allez-y!
Martin retourne dans la salle, prend place et tend le pop-corn à sa Cindy.
– Ça va?, demande-t-elle.
– Oui, j'y ai dit ma façon de penser.
Le petit couple dévore chaque grain de maïs en mâchant bruyamment. Martin boit sa liqueur avant d'émettre un rot. Les spectateurs n'apprécient pas, mais Cindy, elle, le trouve hilarant.
Puis, les sous-titres apparaissent de plus en plus flous, Martin se tourne vers sa compagne pour s'apercevoir qu'elle dort, la face dans le sac de pop-corn, du beurre plein les cheveux. Il perd connaissance à son tour, son verre quitte sa main droite avant de répandre son liquide sur le plancher déjà gommé.

****

Lorsque Martin se réveille, c'est un autre film qui passe à l'écran. En fait, c'est un montage rapide d'images diverses qui défilent accompagné d'une bande-son cacophonique – des bribes de dialogues et de musiques dissonantes.
Fixé à sa chaise par de la pellicule (Martin ressemble à une momie sortie d'un vieux film de la Universal), le jeune homme ne peut faire autrement que de regarder les images qui lui vrillent le cerveau.
Il ne reconnaît aucune des scènes, aucun des films : une serviette autour de la taille, une plantureuse blonde se prélasse sur un canapé rouge sang; un travesti japonais verse des larmes de sang; Al Pacino, vêtu de cuir, danse frénétiquement dans un bar gai; Jésus-Christ quitte sa croix; un homme cogne sa chaussure contre un comptoir; etc.
Ce n'est plus du cinéma, c'est de l'alchimie.
Les images sont trop fortes, trop belles, trop puissantes pour un être aussi peu curieux et cultivé que Martin. Hypnotisé, il sombre dans la folie, 24 photogrammes par secondes. Il rit même si aucune scène comique n'apparaît sur la toile; il pleure même si aucune scène dramatique n'apparaît sur la toile; il crie d'effroi même si aucune scène d'horreur n'apparaît sur la toile. Ses yeux chauffent lorsqu'il ferme

les paupières – comme si des parasites avaient élu domicile dans ses orbites.

Les autres spectateurs se sont approchés de lui. Ils ne regardent plus l'écran, ils s'intéressent à lui, à ses réactions.

– Le Dieu cinéma va faire son choix, scandent-ils en chœur.

Martin tourne la tête en direction de Cindy qui fixe l'écran. Comme lui, elle est retenue à son siège par de la pellicule, mais elle semble apprécier la représentation, elle rayonne même. Émue par les images, elle est en paix avec ce qu'elle voit.

C'est à ce moment qu'il remarque le sans-abri dans la première rangée qui s'extirpe de ses sacs de plastique comme un monstre sortant de son trou. Il s'approche du jeune couple, une machette rouillée dans la main droite.

Martin est terrifié, il essaie de se défaire de ses liens, mais le sans-abri est maintenant si près que le jeune homme peut sentir son haleine fétide. Son visage est caché par une barbe broussailleuse et disparaît en partie dans la noirceur du capuchon de son kangourou sale et trop grand.

Puis, d'un geste vif, le sans-abri enfonce sa machette dans la poitrine de Martin; il fait tourner la lame pour briser la cage thoracique et former un trou d'une circonférence impressionnante; le dernier souffle de Martin se perd dans les acclamations des spectateurs.

Le sans-abri retire la machette et coupe la pellicule qui retient prisonnière Cindy. La jeune femme se lève, hypnotisée. Elle plonge sa main dans la poitrine de son compagnon et en retire le cœur encore chaud, cœur qu'elle dépose dans le sac de pop-corn. De ses ongles effilés et parfaitement manucurés, elle arrache les yeux de Martin, yeux qu'elle met dans le verre de liqueur.

Puis, Cindy s'approche de l'écran, le sac de pop-corn taché de sang et le verre de liqueur entre les mains. Elle dépose ses offrandes au pied de la toile.

La toile décroche, tombe, virevolte un moment comme un grand fantôme en chute libre. Puis, elle avale le sac de pop-corn et le verre de liqueur.

Le Dieu Cinéma a eu son sacrifice.

FIN

La mygale amoureuse
Elsa Bouet

La solitude autorise tout. Elle tolère les plus graves dégenerescences, elle endosse les responsabilités. Puisque personne n'est là, vous pouvez bien, personne ne viendra vous écraser du pied. Puisque personne n'est là, vous vous métamorphosez en cafard ou en araignée.

Il y a longtemps que je n'ai pas mangé. Seule dans ma chambre, volets fermés, ampoules grillées, je reste recroquevillée à la faible lueur de l'écran. Le monde de là-dedans est peuplé de ces prédateurs mous et roses, aux griffes crasseuses, aux crocs jaunis : des hommes.

– Salut.
– Salut.
– Ça va ?
– Ça va ?

Homme n'est plus qu'un lointain écho, une haleine fétide près du visage, pour désigner ces créatures qui bavent d'imagination et qui me demandent très vite, lubriques, d'activer l'œil de la machine. Lasse, j'accède à leur demande. C'est un terrible spectacle qui s'affiche alors. D'un côté, le moins-qu'un-homme et sa fougueuse veuve poignet ; de l'autre, moi, aux bras recouverts de poils roux et bruns, aux grosses lèvres violettes relevées sur deux longues dents en crochets, aux deux grands yeux noirs vides. Je ne manque jamais d'assister à la décomposition de mes amants ; quand leur corps crève comme un ballon de peau, j'esquisse un léger sourire, et dans un dernier regard traumatisé, ils me quittent...

Lasse, je suis lasse de ces jeux d'effroi. Ce vide dans mon ventre devient une douleur, que ces maigres mâles en chaleur ne sauraient guérir. Ma froide tanière devient un four. Je ne veux pas me laisser mourir, cette faim étrange et cruelle me ronge les entrailles et me tenaille la cervelle. Mes errances me poussent plus loin chaque jour, je cherche dans le noir sans savoir, jusqu'à ce qu'enfin...

Un visage doux et fin, les cheveux blonds, les yeux zinzolins, la peau blanche me sourit sur une photographie numérique. Aureille est musicienne de cœur, artiste-peintre. Elle aime le piano et elle dessine les fleurs des cartes postales. Ah, musique... La masse noire, là, au milieu de la pièce, lui, vieux de plusieurs siècles, sous son duvet de poussière, au silence si grave. Délicieux souvenir avive, étincelle peut-être cette flamme pour toi, mon amour ; la gouttière de mon oesophage brûle, c'est la dalle !

– Salut.
– Qui êtes-vous ?
– Quelqu'un qui partage des centres d'intérêt avec vous.
– ...
– Je ne vis que pour la musique.
– Vous êtes aussi une fan de *** ?
– Oh, oui ! C'est mon pianiste préféré depuis toujours.

Elle m'envoie un clin d'œil de pixels instantané. Jusque là, c'est facile. Mais les fils de la toile sont bien fragiles. Mon sang palpite le long de mon corps. Je m'agite, je me lève. Je tapote et soulève le lourd couvercle. Les touches blanches ont une légère lueur qui ressemblent à une rangée de dents et m'adressent un large sourire. J'enfonce un do qui fait vibrer tous mes membres. Un bip de crécelle me répond, une réplique de la belle.

– Quel est votre morceau favori ?
– Je ne saurais pas vous dire, pardonnez-moi, je ne retiens jamais les noms. Et le vôtre ?
– Je dirais, peut-être, celui qui s'appelle «Liebestraum», de Liszt. Je suis une incorrigible

romantique...

– Que diriez-vous de me l'entendre jouer pour vous ?

Je trépigne, frappant un tempo endiablé dans ce silence qui n'en finit pas. Au bout d'une minute, j'ai peur qu'elle ne réponde jamais.

– Vous êtes pianiste ?

– Branchez donc votre micro !

À l'écran, un message froid fait bondir mon cœur : «Aureille vous demande d'engager une discussion au microphone.» Je clique OK. J'entends sa voix...

– Allo ?

Je ne réponds pas. Je vais m'installer devant l'énorme instrument.

– Allo ! Vous m'entendez ?

Il faut la séduire. Mes bras plantés dans mon dos se dépêtrent péniblement des poils. Mes huit mains glissent, timides, sur les notes, et puis s'affolent ; les quarantes doigts se délient et bondissent dans le noir ; une démence liquide se projette, à grands flots blancs et brillants, le long des murs qui tremblent ! Et se calme, coule, douce... Le silence revient. Fébrile, la démonstration terminée, je me rapproche de ma proie.

– C'est magnifique !

– Merci. J'espère que la transmission n'était pas trop mauvaise.

– Non, ne vous inquiétez pas.

– Ce serait tout de même mieux si vous l'entendiez en direct.

– J'imagine...

Il ne faut pas y aller précipitamment. La laisser respirer. Attendre le bon moment.

– Je vais vous laisser, il se fait tard.

– Passez une bonne nuit.

– Vous aussi, et merci pour la musique.

– À bientôt, j'espère...

«O lieb, so lang du lieben kannst...» Vite ! Avant qu'elle ne s'éloigne, mes doigts courent sur le clavier, dopés par leur exercice. C'est la même dextérité en musique et en informatique qui anime les mains, ces créatures agiles et effroyables quand elles remontent furtivement dans votre dos. Je réussis à m'immiscer, rampante, sur le réseau. Je clique. J'ai branché sa webcam. Elle ne le sait pas. Je la vois.

Oui... La machine est placée dans sa chambre, juste en face de son lit ; l'œil froid s'ouvre sur son corps qui se déshabille ; et je ne saurais dire quelle sorte de trouble me prend exactement. On sait que je ne suis pas naïve des choses du sexe, ici c'est différent. Je vois une peau blanche ronde et douce et chaude. Je me sens attirée comme une mouche malade par l'éclat d'un néon. Je la regarde au plus près et me brûle les yeux. Est-ce que je voudrais la toucher, la lécher, la boire ? Je suis folle... Mes doigts crissent contre l'écran qui me sépare d'elle. Puis je vais m'étendre, hagarde, dans un coin plus sombre de ma triste pièce, toutes pattes engourdies. Je me love dans ma fourrure rêche, et rêve.

Elle est là. Je sens sa chaleur irradiante et dans l'ombre, je perçois de mes yeux les battements de son coeur rouge. Je l'entends respirer. Chacun de mes muscles est bandé et elle s'avance avec candeur dans cette touffeur étouffante. La détente est fulgurante. Bâillonnée par ma main, sa gorge et sa taille et ses jambes sont ligotées entre mes membres. Mes lèvres se collent contre son cou comme une pompe en caoutchouc. Et les dents transpercent. Enfin, le sang gicle ! Et dégouline le long de ma gorge. Elle a quelques sursauts, mes crocs prennent prise plus profondément, et un nouveau flot cramoisi jaillit. L'extase est de plusieurs vagues. Serrant toujours son corps tout contre moi, je me gave de l'hémoglobine qui déborde de ma bouche...

À mon réveil, je suis en nage, les poils collés de sueur, des croûtes au coin des lèvres. Je rampe vers la machine. Le visage d'Aureille apparaît en plein écran. Je prends aussitôt les commandes.

– Salut.

– Bonjour, jeune musicienne :)

Elle a dû lire mon profil. 21 F 75. Son sourire n'est pas réel, je la vois rester stoïque. Rien d'inquiétant : c'est une chose fréquente d'utiliser les smileys de cette façon. Sa curiosité est à exploiter au plus vite. Je lui demande :
– Que faites-vous de beau aujourd'hui ?
– Je pense que je vais me balader, par ce beau temps. Et vous ?
– Je vais rester chez moi comme tous les jours.
– Pourquoi, si ce n'est pas indiscret ?
Soyons acrobate...
– Je suis achromate atypique.
– Qu'est-ce que c'est ?
– Je vois en noir et blanc. Exceptée la couleur rouge. La lumière m'est handicapante.
– Je suis désolée...
– Ne le soyez pas. Je ne suis pas malheureuse de mes yeux. Profitez du soleil !
Voici un moment fatidique. Une jeune femme si douce et sensible choisira-t-elle la prudence, ou la compassion ? Je le sais d'avance. On ne fréquente pas les tchats quand on ne se sent pas un peu trop seul.
– Écoutez, puisque nous sommes toutes les deux à Paris, je pourrais passer chez vous. Si cela ne vous dérange pas... Je serais heureuse de vous entendre jouer en vrai.
– Oh, mais vous allez voir le désordre monstrueux de mon appartement !
– Si vous voyiez ma chambre... :)
Mais je la vois, ta chambre. J'en vois le moindre recoin à la lumière du jour qui rentre par ta fenêtre. Je vois que rien ne dépasse et qu'en vérité, tu ne souris pas.
– Je dois dire que ça me ferait plaisir de vous voir.
– Votre adresse ?
– ** rue des Archives.
– J'arrive.

J'ai du mal à y croire. Pourtant... Il faut me préparer, vite ! Que faire ? Ce lieu n'est pas habitable pour une femme comme elle, ne serait-ce que quelques minutes. De toute façon... Que vais-je lui faire ? Je me racrapote derrière la porte d'entrée. J'écoute, le cœur affolé, le silence.

Une toile danse dans un coin de la pièce. Un courant d'air infime s'est glissé ici.
– Toc toc toc.
Je suis pétrifiée. Juste derrière, là, elle est là, ma proie ; et j'ai peur.
– Il y a quelqu'un ?
– Oui, oui ! J'arrive !
Est-ce que c'est ma voix, ça ? Je ne me reconnais plus. La tête me tourne. Je dois sortir de cette situation. Tout de suite. Je me lève. J'ouvre la porte.

Aureille m'attrape immédiatement et me tord les bras dans le dos. Mes poignets se font lier par le fer. Contre ma tempe, la froide embouchure d'un revolver achève mes forces. Mes jambes ne me portent plus. Ma voix lâche un dernier gémissement de petite fille, et je sombre dans les ténèbres...

FRANCE NUIT

C'est une jeune femme pâle et perdue qui se tenait, hier soir, à la barre. Les os rongés de quelques dix-huit cadavres ont été retrouvés dans sa cuisine. Elle aurait traqué chacune de ses victimes pendant des mois, par internet, avant de les décider à venir chez elle, où elle les aurait alors assassinées pour se livrer à des pratiques cannibales. Nous avons obtenu un entretien exclusif avec la détective privée, A.L, qui a porté l'affaire devant les tribunaux.

– Des clients m'ont confié plusieurs enquêtes sur des disparitions. Pour des problèmes conjugaux ou des histoires de famille, ils préfèrent faire appel à moi qu'à la police. J'ai donc fait mon travail et j'ai trouvé un point commun à ces victimes : [l'accusée, ndr].

– Comment avez-vous confirmé vos soupçons et, surtout, comment avez-vous réussi à la faire comparaître ?

– Je vous l'ai dit : je n'ai fait que mon travail. Je me suis dûment renseigné sur cette fille et, oui, sur ses proies. Il a bien fallu faire face à cette réalité : il s'agissait de crimes, au moins de séquestrations, sinon de meurtres, avec probablement des viols... Je ne voyais qu'un moyen pour la piéger : servir d'appât. Ce ne fut pas difficile. Elle s'en prenait à des femmes, douces et vulnérables, en difficulté dans leur vie personnelle.

– Vous êtes allée jusqu'à lui passer les menottes. Comment expliquez-vous que votre suspecte ne se défende pas, et ne semble pas comprendre un traître mot de ce dont vous l'accusez ?

– Il me fallait la neutraliser, trouver des preuves, peut-être des victimes encore vivantes... J'ai trouvé des charognes, monsieur. Des charognes d'êtres humains ! Elle refuse de se souvenir, évidemment. Vous voyez bien que c'est une malade dangereuse.

Si les faits semblent accabler la suspecte, la police judiciaire n'a pas approuvé les méthodes informelles de sa délatrice, qui encourt même une lourde amende. À l'heure actuelle, nous devons conserver l'anonymat de la suspecte qui, à cause de nombreux vices de procédures, vient d'être relâchée dans la nature.

FIN

Entoilé dans la démence
ou Notre syndrome du morcellement

« (…) Noir assassin de la Vie et de l'Art,
Tu ne tueras jamais dans ma mémoire
Celle qui fut mon plaisir et ma gloire ! »

Charles Baudelaire
Un fantôme : IV – Le portrait

Réalité
Étymologie : du latin realitas, - atis (dérivé de realis, lui-même dérivé de res : chose) [1]

Quand le réel est terrifiant, la rêverie donne un espoir fou, explique Boris Cyrulnick [2] dans son livre Un merveilleux malheur. Il y écrivait également qu'« à Auschwitz ou lors de la guerre du Pacifique le surhomme était un poète ». Le 21e siècle occidental offrant la part belle à l'ironie et aux sarcasmes, les cyniques ne manqueront pas de détourner le sens initial de cette opportunité de résilience. Ils affirmeront que le rêveur se complait dans les situations difficiles ou qu'il ne peut exister qu'à travers elles, à l'instar du rentier Cottard, l'un des protagonistes de La Peste. Au bord de suicide avant le fléau, ce personnage retrouve goût à la vie quand la peste envahit Oran. Alors que le fléau décime la population, il est « dans la ville un homme qui ne paraissait ni épuisé, ni découragé, et qui restait l'image vivante de la satisfaction », de plus, « apparemment du reste, il grandissait dans la bonne humeur » [3].

Se désirant réalistes, les cyniques s'interrogeront avec une certitude : l'artiste – le poète de Boris Cyrulnick –, en défendant une cause, en dénonçant une injustice, en affrontant les horreurs avec son crayon, son pinceau, sa guitare, etc., n'existe-t-il pas uniquement lorsque tout va mal autour de lui ? Ne tire-t-il pas profits pécuniaires, renommée et existence propre au détriment du malheur des uns, voire des autres, ou encore des siens ?

Esprit
En relation avec son étymon, il [ce mot] repose sur les notions de « souffle » et d' « immatérialité » et s'est dit au Moyen Âge de l'âme, de l'inspiration divine. [4]

Philosophe, historien, linguiste, penseur de l'éducation italienne et porteur de l'esprit critique, le napolitain Vico Giambattista [5] a théorisé, en son temps, sur le cycle des sociétés. Dans son livre IV de La scienza nuova (La science nouvelle, achevé en 1725), il distingue trois étapes par lesquelles « la nature humaine, les mœurs, le droit et l'organisation politique »[6] passent : l'âge des dieux, quand la religion émerge, avec la notion de famille et d'autres institutions de base ; l'âge des héros, durant lequel les populations dépendent d'une classe dominante et l'âge des hommes, moment où le peuple s'affranchit et se bat pour l'égalité.

De nos jours, les codes de la famille traditionnelle ont volé en éclats, les valeurs religieuses et étatiques sont prises d'assaut par la pensée critique, par la connaissance et le savoir, par l'apparition d'autres valeurs. Les institutions de base (telles que l'État ou encore la Justice) et la religion sont remises en cause.

Dieu en Personne est décortiqué. Par les philosophes fut un temps, par les sociologues et les neuropsychologues à présent : « La traque scientifique de l'existence de Dieu dans le cerveau révèle que l'électroencéphalogramme sécrète plus d'ondes alpha à huit cycles-seconde chez les croyants »[7] nous explique Boris Cyrulnick.

Quant aux héros, ils ne dominent plus le quotidien. Quelles que soient leurs valeurs, le bien-fondé de leurs actions et des possibles qu'ils sous-entendent, ils finissent à un moment donné ou à un autre désavoués idéologiquement, philosophiquement ou politiquement. Figures emblématiques de notre passé ou de notre présent, la critique hâtive (comprendre « j'aime », « j'aime pas », « j'aime plus ») ou le jugement les assassine aussi efficacement que les balles.

La Grèce antique, le Siècle des Lumières, la fin du 19e siècle et ses philosophes allemands sont très loin derrière nous. Tout au long du 20e siècle jusqu'au début du suivant, l'intellectuel a très vite été repéré comme un danger pour la stabilité des régimes. Dans les démocraties se désignant comme dignes de ce nom – comprendre occidentales –, il est devenu un pestiféré dont la parole n'a plus rien de légitime. Ni de censée. Par exemple, l'artiste engagé sera montré du doigt. À une idée qu'il propose, à un problème qu'il soulève, « On » oppose un viscéral « Oui, mais lui ! » vindicatif. « On » lui collera une étiquette de bobo qui niera jusqu'à l'essence même de sa réflexion et de son engagement.

Le cynisme, aidé du réalisme, est en passe de faire tomber l'un des derniers héros : le poète. Car ce héros érudit nous ramène à nos propres lacunes, à nos erreurs, à nos incohérences. Seul rempart : le mépris, afin de raboter cet être considéré trop supérieur. De niveler ses pensées et ses réflexions au cran inférieur.

Pour le philosophe napolitain, ce processus de libération et de nivellement marque le début de la désintégration de la société. Un retour à la barbarie et un nouveau départ vers une fin identique, un cycle semblable au serpent qui se mord la queue. C'est sans compter un quatrième âge. Car qui dit société égalitaire, dit absence de pouvoir. Ou plutôt : la perte de pouvoir, et par delà, celles des privilèges.

Délire d'influence
Sens psychiatrique : conviction d'être sous l'influence néfaste de forces ou de personnes extérieures à lui. (…) le sujet a le sentiment d'être soumis à un contrôle à distance de ses pensées et de ses actes, dont il se sent dépossédé. [8]

Dès que l'individu a la possibilité de s'octroyer un privilège, voire de dominer son prochain, il oublie son désir égalitaire. Il en appelle à tous les dieux afin de soutenir ses ambitions (le dieu de la Laïcité, le dieu de la Justice, le dieu de l'Économie, le dieu de la Liberté, etc.), il ne refabrique pas des héros, mais crée ses antihéros. En clair : des boucs émissaires. Puis il convoque la raison d'État, la stabilité du Système. Bizarrement, au lieu de produire de l'ordre, ce modus operanti engendre du chaos. Le nazisme associé à la 2e guerre mondiale en est le terrible constat.

Face à la déportation sans retour des juifs, des homo-sexuels, des tziganes, devant l'aube de ce conflit mondial, le poète Traian, triste prophète du romancier Virgil Gheorghiu [9] dépeint le tableau d'une société travaillant « exclusivement d'après des lois techniques (…) et ayant une seule morale : la production. »[10] Il explique qu'à partir du moment où l'être humain est « arrêté et envoyé aux travaux forcés, exterminé, obligé à effectuer qui sait quels travaux – pour un plan quinquennal, pour l'amélioration de la race ou autres buts nécessaires à la société technique sans aucun égard pour sa propre personne » nous entrons dans un nouvel âge : l'âge de la société technique.

Après la chute de l'Allemagne nazie, ce fonctionnement va perdurer. Il servira à défendre des causes, des idées, des concepts sacralisés par l'individu et placés au-dessus de sa propre vie. À son époque, Max Stirner [11] témoignait philosophiquement : ces « pensées avaient elles-mêmes revêtu une forme corporelle, et ces fantômes je les voyais : ils s'appelaient Dieu, l'Empereur, le Pape, la Patrie. »[12] Ces fantômes stirniens seront L'Égalité et l'État dans l'URSS de Staline où le sacrifice des individus pour ces notions sera totalitairement assumé par l'ensemble de la population, du simple ouvrier jusqu'aux dirigeants du Parti en passant par les fonctionnaires et par celles et ceux chargés d'enquêter sur l'intégrité patriotique du peuple. Penser le contraire aurait fait d'eux des ennemis aux yeux de leurs camarades, mais aussi au regard de leur normalité déifiée c'est à dire des valeurs égalitaires et patriotiques qu'ils ont appelées de toute leur âme et pour lesquelles ils avaient foi.

L'âge de la société technique – et par extension : de l'esclave technique – ne s'arrête pas avec la chute du mur de Berlin et la fin du rideau de fer. Bien au contraire, il s'affirme et devient légitime. L'être humain se voit donc réduit à « la seule dimension de valeur technicosociale » [13]. Il est désormais pris dans une logique de chiffres au service de l'Administration, de l'Identité Nationale, de la Sécurité et, toujours, de l'État ; il tombe sous les plans de licenciement générés par le Profit ; il se conforme à la Maîtrise de la Population qui limite numériquement ou par le genre la procréation, ou préfère la nationalité à sa personne ; il adopte une Identité papier plutôt qu'un visage de chair et d'âme ; il est asservi, chassé, exterminé, rééduqué dans l'intérêt de la Modernisation ; il est sacrifié dans des plans de guerre et de croisades, de création d'ennemis intérieurs ou extérieurs, offert en pâture à des Némésis idéologiques, religieuses, sociales, dans les seuls buts de relancer l'Économie, de fédérer une Nation ou de donner de la puissance à un clan religieux pour que sa Religion supplante les autres.

Que ce soit durant la Seconde Guerre mondiale ou dans les années qui l'ont suivi, en URSS, puis dans nos démocraties actuelles, la loi technique est la même. Dans cette réalité technicosociale, le Réalisme siège aux côtés de l'Économie pour modeler le destin des femmes et des hommes. Une Odyssée des Temps Modernes créée non pas par un poète, mais par des milliards de poètes : les êtres humains eux-mêmes.

Car l'esclave technique aspire à de belles choses. Il rêve de moutons électriques.

Démence.
Sens médical : déchéance acquise, progressive et irréversible des fonctions psychiques (de nature organique. Dans le langage courant : mot synonyme de folie. [14]

Par delà le Bien et le Mal, le réel n'est plus seulement terrifiant, il marche dorénavant sur la tête. Qu'on le veuille ou non, quel que soit notre degré d'implication ou de non-implication dans l'ère du citoyen technique, nous sommes prisonniers de cette toile technicosociale. Une toile tissée, petit à petit, par une entité qui a pris l'aval sur l'individu : la Société. Appelée aussi le Système. Ou encore le « Mangeur d'Homme » [15]. Une entité sans visage créé par celles et ceux qui, à n'importe quel niveau de ladite société, ont voulu posséder puis garder le Pouvoir ; une entité alimentée par celles et ceux qui, au nom d'idées, de valeurs ou d'une cause, ont stigmatisé ou sacrifié leur prochain ; une entité déifiée par celles et ceux qui, par intérêt personnel, ont fait la même chose que les précédents.

Parce que le travail est nécessaire pour vivre, que le profit est une priorité, la caissière d'un supermarché n'hésitera pas à laisser passer un consommateur mineur avec de l'alcool. Une fois redevenue mère de famille, elle lèvera les bras au Ciel en voyant son enfant sortir d'un commerce avec une bouteille de whisky. Le responsable du magasin fonctionnera de la même manière. Seule une loi remettra un peu d'ordre dans tout ça. Désormais, l'alcool est interdit aux mineurs. Une affiche le stipule et la caissière exigera pattes blanches et pièce d'identité. Mais voilà, le consommateur majeur, aux traits jouvenceaux, verra d'un très mauvais œil d'être contrôlé sur son âge au passage en caisse. « Où est le Libre Arbitre ? » se récriera-t-il. Par contre, ce même insoumis s'indignera du non-respect de la Loi s'il retrouve sa fille ou son fils ivre mort.

Alors… responsabilisons-nous ? Soyons vigilants pour notre propre Bien, pour notre propre Sécurité. Concédons de montrer nos papiers comme si nous étions un ado déguisé en adulte. Ou bien, acceptons de montrer le vide de notre sac à la même caissière que précédemment dans le but de lutter contre le Vol. Car, nous raconte-t-on, le vol nuit gravement aux profits des supermarchés. Acceptons donc d'être des détrousseurs potentiels. Acceptons que le faible pourcentage de voleurs parmi la population, de fraudeurs aux impôts et aux allocations familiales, de sans-emplois qui se complairaient dans l'oisiveté, acceptons que tous ces truands représentent potentiellement l'ensemble des autres.

Acceptons-le, ou refusons-le ! Indignons-nous. Redevenons un individu à part entière. Un « homme convaincu » c'est-à-dire un individu qui refuse les compromis, qui « n'en veut pas qui lui permette de dormir tranquille en attendant que cela change de soi-même » [16]. Oui, mais dans ce cas, nous laisserions tomber notre fonction de citoyen technique. Nous deviendrions un poète. Un bien-agissant, pire : un bien-pensant, « un genre d'animal insupportable, quelque chose qui appelle l'intellectuel et signifie la forte tête à mater » [17]. Nous serions écartés, raillés, dénigrés, par nos contemporains. Mal vus avant de finir dans l'incapacité de vivre décemment – dans un habitus matériel et moral –, ou de vivre tout court : le Mangeur d'Hommes, par un tour abstrait de manivelle, nous retirerait les bienfaits de sa société de consommation avant de nous broyer à petit feu.

Du coup, nous jouons un jeu à multiples facettes selon l'environnement où évolue notre enveloppe de citoyen technique. Nous programmons notre esprit en fonction de la mentalité ambiante. Et au final, « tout ce qu'il y avait de bon, de grand, de généreux, d'indépendant chez l'homme s'émousse peu à peu, se rouille comme un couteau resté sans usage. » [18] Notre esprit se divise, attiré et rebuté à la fois par plusieurs options. Les valeurs chez l'homme de Kropotkine ne disparaissent pas ; elles se morcellent. L'individu se découvre de nouvelles valeurs, il se réinvente une moralité en fonction de ses besoins, de sa fonction, de ce qu'il voit comme des non-choix ou comme des choix assumés. Ceci tout en se persuadant et en soutenant mordicus d'être de bonne foi.

La démence nous guette, au sens médical comme au sens courant. S'enchevêtrant dans la trame de notre réel, un autre âge s'accouple à l'ère de la société technique. L'âge du morcellement et de l'angoisse. Delà, nous régressons et la psychose nous guette.

Le plus fou étant que c'est peut-être grâce au passage par cette phase que nous sortirons de nos conditions préfabriquées. De ce délire d'influence qui gouverne notre réalité et met à mal notre esprit de poète. Car il n'y a que les cyniques comme Cottard qui grandissent dans la bonne humeur, les poètes, eux, souffrent toujours, en phase avec leur époque malmenée.
Michaël Moslonka

(Interné à l'asile d'Arkham suite à l'écriture de cet article insensé)

[1], [4], [8], [14], Définitions tirées du Dictionnaire de la folie, les mille et un mots de la déraison – Dr Xavier Pommereau – éditions Albin Michel, 1995
[2] Neuropsychiatre français contemporain.
[3] La Peste – Albert Camus – éditions Gallimard, coll. Folio, 1947 – p. 194
[5] (1668 – 1744)
[6] Encyclopédie de l'Agora/ dossier Vico Giambattista, 2005/ http://agora.qc.ca/encyclopedie/index.nsf/Impression/Giambattista_Vico
[7] De Chair et d'Âme – éditions Odile Jacob, 2006 – p. 209
[9] Écrivain et théologien roumain (1916 – 1992)
[10] & [13] La 25e heure – Virgil Gheorghiu – éditions Pocket, 2006 – p. 61
[11] Philosophe allemand (1806 – 1856), auteur de Der Einzige und Eigentum (L'Unique et sa propriété).
[12] L'Unique et sa propriété – Max Stirner, 1845. Traduction de R.L. Reclaire (1899). Document électronique produit par M. Bergeron (professeure de l'école Dominique-racine – Québec) dans la collection « Les classiques de science sociale » dirigée par J-M. Tremblay (professeur de sociologie) – mai 2002 – p. 26
[15] Instinct de mort – Trust
[16] La morale anarchiste – Pierre Kropotkine – éditions Mille et une nuits, mai 2004 (première édition en 1889 aux éditions Les Temps nouveaux) – p. 77
[17] Politique du rebelle – Traité de résistance et d'insoumission – Michel Onfray – éditions Grasset & Fasquelle, coll. Le livre de poche, 1997 – p. 22
[18] La morale anarchiste – Pierre Kropotkine – éditions Mille et une nuits, mai 2004 (première édition en 1889 aux éditions Les Temps nouveaux) – p. 9

Nos encreurs

David Baquaise.
Enfant, les livres contant les aventures de ses héros préférés ne paraissaient pas assez vite à son goût, c'est pourquoi il commença à écrire des suites plus ou moins achevées. La lecture de Simetierre de Stephen King le fera tomber à jamais dans le monde du fantastique et de l'horreur. Adulte, il reprendra avec bonheur le stylo et le clavier pour répondre aux nombreux appels à texte qui fleurissent sur le web. Vous pouvez découvrir un autre de ses textes dans le fanzine Pénombres numéro un du Projet Transition.

Elsa Bouet
Elsa Bouët a 21 ans. Graphophobe (phobique de l'écriture) à l'adolescence, après quelques années en centre psychiatrique, elle a pu écrire de nombreux romans et nouvelles. Avec sa Mygale Amoureuse, c'est la première fois qu'elle propose un de ses textes à des lecteurs.

Julie Conseil
Julie Conseil est ingénieure et exerce le métier de consultante en finance. Après avoir écrit plusieurs romans (fantasy, space opera, dystopie,…) en attente d'éditeurs, elle s'est lancée dans l'aventure des nouvelles. Quelques-unes d'entre elles ont été publiées : dans la revue Virages, dans le fanzine Pénombres et dans l'anthologie Muséums parue récemment aux Éditions Malpertuis.

Samia Dalha
Samia Dalha pousse son premier cri au siècle dernier à la localisation très précise de 47°13N et 01°35W.
Son rendez-vous avec le fantastique et la science-fiction est alors en marche ; il aura lieu devant une rediffusion de la 4ème Dimension. Subjuguée, il ne sera plus question pour elle de rater le moindre épisode.
La pompe est amorcée et la suite, pour l'instant tapie sous le lit, attend tranquillement son heure. Ce sera chose faite avec la découverte dans la bibliothèque familiale du Horla de Maupassant. Puis, à leur tour, les maîtres du genre feront leur entrée en scène, parmi eux Stephen King, Shirley Jackson, Lovecraft, Robert Bloch, Charles Dickens, Seabury Quinn… Elle ne cessera de les relire jusqu'à ce que les pages se détachent.
Enfin, la révélation finale se produira quelques temps plus tard à la lecture des nouvelles de Richard Matheson.
Cette fois, c'est décidé, elle écrira elle aussi…

Frédéric Gaillard
Eduquatreur de profession, guitariste chansonniais mondialement inconnu, Frédéric GAILLARD est menteur-compositeur-interprète de purs chefs-d'œuvre, comme « Au nom du Quick » ou «La fabuleuse aventure de Toto le spermato».
Egalement écriveur de nouvelles depuis 2003, il aime l'humour noir et sans sucre. Et comme il a l'imaginaire qui le démange, il se gratte jusqu'au sang.
Selon un critique lu sur le web, il écrirait sans l'aide de l'hémisphère gauche de son cerveau, siège de la raison et de la conscience analytique…
Depuis huit ans, des dizaines d'histoires ont suinté des fissures de son crâne ébréché.
Des trente qu'il a pu rattraper, il a fixé la quintessence sur des feuilles de papier. Le reste s'est envolé, pris par le vent mauvais.
Lentement mais sûrement ses créations s'animent, golems d'encre et de papyrus.

Elles commencent à mener leur vie propre, et n'ont qu'un but : s'immiscer, s'insinuer dans vos esprits avides d'histoires.

Et y rester…

Son site : vieufou.sosblog.fr

Nicolas Handfield

Scénariste pour la télévision, Nicolas Handfield est aussi concepteur rédacteur publicitaire à la pige. Il a écrit quelques nouvelles pour des fanzines et vient de publier aux éditions Les Z'ailées un roman pour adolescents intitulé *«Les Shamans. Un monstrueux banquet»*, un roman fantastique pour les enfants, qui sera publié en 2012.

Michaël Moslonka

Michaël Moslonka est, tour à tour, voire en même temps, éducateur, poète, éditorialiste, rédacteur d'articles et nouvelliste. Ses textes sont publiés depuis 2004 dans divers supports littéraires en France et au Québec.

Romancier, il écrit aussi bien pour la jeunesse que pour les grandes personnes.

Son quatrième roman (À minuit, les chiens cessent d'aboyer – édition du Riffle, collection Riffle noir – octobre 2010) explore l'univers sombre et acéré du polar tandis que son cinquième livre (Une nouvelle vie en Artois – éditions Ravet-Anceau, collection Euphoria – novembre 2010) se colore de rose puisqu'il s'agit d'un roman sentimental.

Observateur du monde qui l'entoure, Michaël y insère ses écrits dans des genres variés en n'ayant pour limite que son inspiration, ses préférences et son envie de raconter des histoires.

Son site : http://pagesperso-orange.fr/EnfantDuPlacard.

Marc Oreggia

Marc Oreggia nait en 1970 à Toulon (France) de parents pianistes. Il ne développe aucun don musical, contrairement à sa jeune sœur et à son frère aîné, dont il est un clone raté. Ne sachant pas chanter, il décide d'écrire. La nouvelle de la mort du président Pompidou en 1974 traumatise à vie cet enfant fragile et téléphage. Il rate donc son baccalauréat en 1987, et est enlevé par un vaisseau Sh'kar à la sortie de l'oral de rattrapage. Il s'évade de la planète Sharkass quatre ans plus tard et reprend ses études, mais avec beaucoup de méfiance. En 1999, il prête serment d'avocat de la main gauche et se consacre depuis lors à la défense des sans papiers, car il faut bien vivre. Il travaille actuellement sur un projet de space opera définitif. Marc vit une relation osmotique avec Isa, une humanoïde aux yeux verts. Il a appelé son fils Hugo (car Nébula est un prénom de fille).

Stéphane-Paul Prat

Fasciné ces dernières années par la littérature fantastique du XIXème siècle, les dialogues philosophiques de l'Antiquité et certains traités théologiques du Moyen-âge, Stéphane-Paul Prat est un lecteur insatiable depuis toujours, virus contracté sans doute au cours de son enfance solitaire. Et, même si le syndrome de l'écriture ne tarda pas non plus à se révéler dans sa vie, il attendit longtemps avant de l'accepter.

A présent jeune trentenaire et auteur d'une oeuvre fantastique proposant d'allier divertissement et réflexion, Stéphane-Paul Prat écrit sérieusement depuis une poignée d'années avec le bonheur de voir ses textes publiés de plus en plus souvent dans divers fanzines et revues. Parallèlement, il collabore à Tiempos Tandilenses, un mensuel argentin qui publie certaines de ses nouvelles traduites en langue espagnole.

Jonathan Reynolds

Originaire de l'Estrie, Jonathan Reynolds écrit des histoires de peur, en nouvelles (dans Solaris, Brins d'Éternité, Clair-Obscur, Horrifique, Nocturne, La Petite Bibliothèque Bleue, Le Bilboquet,…), en romans (Ombres, Nocturne), en novellas (La légende de McNeil, La nuit du tueur) et en recueils de nouvelles (Silencieuses et Épitaphes). En plus de donner des nuits blanches aux adultes, il ose s'en prendre aux plus jeunes avec ses romans dans la collection Zone Frousse (Cris de sang, Déguisements à vendre et Pages de terreur), aux Éditions Z'ailées.

Oserez-vous visiter son antre? : http://aveugle.wordpress.com/

Hubert Vittoz

Hubert Vittoz est né en 1988 à Bordeaux et vit désormais à Paris. Il se passionne pour la fantasy avec la lecture du Seigneur des Anneaux et pour le fantastique avec celle des œuvres de Poe et de Lovecraft. Thésard en droit, il profite de son temps libre pour assouvir sa passion en écrivant un cycle de fantasy, sans oublier de lire, de lire et de lire encore. Accouchement funeste est sa première nouvelle publiée.

Merci à eux !

Notre guillocheuse

Céline Simoni

Céline Simoni, 31 ans, d'origine Suisse, a commencé à faire de l'illustration depuis qu'elle sait tenir un crayon. Une vrai passion qui ne l'a pas quitté, et l'a décidé à faire une formation supérieure dans un domaine créatif qui est le design industriel.

Après son Diplôme, elle travaille 4 ans comme designer dans le secteur horloger. A travers ces expériences, elle est amenée à devoir travailler le graphisme des entreprises qui l'emploient, et fini par se reconvertir dans ce domaine qui lui convient plus. En parallèle, l'illustration continue d'être sa motivation principale, et c'est en autodidacte qu'elle apprend à maitriser les bases du dessin et les outils plus avancé tel que Photoshop.

En 2010, elle obtient ses premiers mandats professionnels comme illustratrice, et depuis cette activité ne cesse de se développer. En parallèle elle travaille en freelance comme graphiste dans de nombreux domaines.

Un énorme Merci à elle !

Prochain AT :

«Griffes et Décrépitude»

Sa férocité engendre le mal et anime son vieux corps disgracieux d'une pulsion sanguinaire. Les griffes en sont ses armes, la décrépitude en est son poison. N'avez-vous jamais osé lacérer, ce corps saint qui, sous l'assaut de vos étroites griffes se flétrit jusqu'à son extrême atonie. N'avez-vous jamais osé apposer votre griffe sur ce papyrus ardent, vendant votre âme décadente à ce pervers démon au mépris d'une gloire sans raison.

Laissez libre cours à votre imagination et faites de ces deux termes un sceau croupi.

Que les griffes pourfendent l'horreur ! Que la décrépitude altère vos écrits !

Support de publication : Format papier

Date limite de soumission : 31 Octobre 2011, à 23h59

Genre : fantastique, horreur, épouvante

Nombre de signes (espaces compris) : minimum **5000**, maximum **13000** (+/- 5%).

Manuscrit à envoyer à nocturnefanzine.ats@gmail.com

Les numéros de *Nocturne, les charmes de l'effroi* sont en ventes sur le net, notamment sur
Amazon.fr

Ci-dessous le premier numéro «Encre et Ténèbres» :

Mais aussi sur **Alapage.com, PriceMinister.com, Fnac.com, Decitre.fr, librairiedialogues.fr** et bien d'autres...

Vous pouvez aussi obtenir chaque numéro lors de salons littéraires au stand de Nocturne, CE pour seulement 6€ ou 8$CAN selon le pays ! Et selon le succès de cet opus nous lancerons probablement les abonnements dans un futur proche.

Books on Demand
GmbH, 12/14 rond point des Champs Élysées,
75008 Paris, France
Impression : Books on Demand GmbH, Nor-
derstedt, Allemagne
ISBN : 978-2-8106-2252-8
Dépôt légal : Octobre 2011